女怨
林燃／著

推薦序

◆ET新聞雲專欄作家　莫綠珠

「林燃的筆觸極具情感煽動力；她的文字能讓讀者身歷其境，體驗一回故事人物的辛酸苦辣。她的小說，能讓你的情緒燃燒。」

◆方格子資深作家　熟齡文青

「林燃，風一樣的女子，水一樣的溫柔，火一樣的熱情，謎一樣的故事。」

自序

喜歡將自己觀察社會人文的想法化爲文字，專文社會寫實類、靈異類的通俗小說，角川的認證作家，深耕方格子、鏡文學，連載都有新文發布。

如果你喜歡我的文字，可以給我點個讚，或是在文章下方留言和我打聲招呼，那就是對林燃最大的鼓勵喔！劇本合作信箱 erica073077@yahoo.com.tw 歡迎四方來詢。

目錄

第二部　護理師的靈異事件簿

第三部　靈魂金字塔

第四部　降魔杵

第一部

13號病房

第一章　機場相見

「13號房的病人妳要注意一下，她常常會突然情緒不穩。」

「學姐，妳說的是那個混血兒嗎？聽說她是千禧年進來的。」

「嗯，沒有那麼久吧？大概有……15年以上了，可是不會超過20年。」

「喔！那她怎麼進來的啊？」

「少管閒事。」

護理長曾梅聽到了她們的談論，不禁回想10多年前的那件事……。

柳本惠梨佳中文名叫陳敏惠，她的媽媽是日本人，在她7歲時，父母決定回臺發展。

或許，不止是發展那麼簡單……

1997年，惠梨佳剛從澳洲的維多利亞大學畢業，她當時修的是攝影，與同校的時田潔子同租一所高級公寓。

公寓位在城市中心，上學交通十分方便，但惠梨佳的父親心疼她離鄉背井的去求學，還是特意幫她買了車子代步。

時田潔子選修的是法醫，因此也常遇上些怪事，而有車階級的惠梨佳，便常開車帶潔子去墨爾本的佛光山求平安符。

這樣的情況一直到她們畢業後各分東西，潔子才沒有再遇上這些怪事。回臺後的惠梨佳還是像個小公主般自由、任性，她跑遍全臺瘋狂的拍攝山景、瀑布、夕陽、日出……等，再將相片寄去各大美術館參展，只是沒有名氣的攝影師，要入圍也不是那麼的容易。

這樣輾轉過了二年，選擇在墨爾本就業的潔子寄了封喜帖給惠梨佳，原來是鈴木美智子要結婚了。她曾在墨爾本跟惠梨佳她們生活過三個月，因此惠梨佳對她還算熟識。

潔子想著自己也有兩年沒休長假了，正好趁這個機會順便邀請惠梨佳來日本渡假。而惠梨佳剛好在攝影方面也遇上了瓶頸，便同意潔子的邀約，只是潔子家還有一個妹妹，且她們家也很小，沒辦法招待惠梨佳入住，所以她只能獨自住在飯店。

惠梨佳剛下飛機，愜意的伸伸懶腰，她從七歲起便跟著父母親回到臺灣，在日本其實沒有什麼親戚朋友。

惠梨佳煩惱的想著：「啊~要送美智子什麼結婚禮物好呢？」

來接機的潔子對惠梨佳用力的揮揮手：「這裡。」

潔子開車送惠梨佳來到預定的酒店，惠梨佳突然感到一陣昏眩。

潔子面露擔憂的問道：「還好嗎？惠梨佳醬是不是太累了。」

惠梨佳皺起眉頭，捂著嘴，似是有些反胃，但她並不想太麻煩潔子，所以還是客氣的擺擺手。

「沒有、沒有，我還好，睡一下就行了，潔子醬先回家吧！妳也好久沒陪陪家人了，我們明天再約吧！」

潔子也收回原本要攙扶惠梨佳的手，客氣的擺在自己大腿上，「那好，我就先回去了。」

惠梨佳面帶微笑，微微躬身：「眞是麻煩妳了呢！」

當她來到飯店房間後，立卽放了溫泉水跟手機裡常聽的音樂。這間飯店開在半山腰，雖然交通有些不方便，但勝在淸靜、房間也較大。

惠梨佳還叫了客房服務，請他們送上晚餐及溫好的淸酒；她褪去衣衫後先沖了澡，等到點的餐點到齊後，惠梨佳才脫掉浴袍安心的泡著溫泉。

她拿了個保濕面膜，順便敷臉，接著放鬆的閉上眼睛，聽著她最愛的舒伯特，那是整個高三陪著她熬夜苦讀的最佳配樂。所以每當她煩躁不安時，便不由自主的會放來聆聽。

泡到皮膚微微皺起，惠梨佳才起身擦拭玫瑰精華的身體乳液，她喜歡那樣馥郁的芬芳。縱使這不算是個好習慣，這對身體肌膚並不好，但她依然隨心所欲的重覆著。

第二章　夢境開始

做好全部保養後，她才開始享用那微涼的鮭魚定食，惠梨佳特意點了醃漬的小菜來配酒，並打開電視看看自己喜歡的大胃王節目。喝至有些微醺，她在洗漱過後便上床準備休息，臨睡前，惠梨佳定好了明天早上7點半的鬧鐘。

她閉上眼盤算著明天的計劃，喃喃自語道：「早上先洗個澡，再去自助餐廳吃早餐，然後化妝，10點跟潔子約在飯店門口。然後到百貨公司挑選禮物。新婚啊！要送什麼才不失禮呢？精緻的水晶杯和典雅的相框好了，這應該適合新婚夫妻吧！」

兩個人用水晶杯喝著香甜的紅酒，帶一點點酸，或許還有一點點澀，但沒關係！新婚嘛！還是氣氛最重要！

兩人再一起看著結婚照裡笑得幸福的美智子，啊～好溫馨啊！」

不知不覺，惠梨佳便迷迷糊糊的睡過去……。

第一夜。

柏原美和子穿著華麗的新娘嫁衣，這是一場日本的傳統式婚禮，服飾講究。

他們進到神社，讓神職人員與巫女，爲雙方家庭在神的面前報告兩家聯姻，並舉行一系列的傳統儀式。

新郎金行隆良穿著最高等級的黑色和式禮服，而新娘美智子則穿著象徵純潔的白無垢，在衆多親友的祝福之下，完成婚禮儀式。

惠梨佳完全沒意識到自己在夢中，只是隱隱的感覺，好像參加的新人不太對，她喃喃道：

「不是美智子的婚禮嗎？怎麼變成美和子了呢？」

同時惠梨佳也聽見有人在小聲的談論著。

「美和子可是巫女，她怎麼能嫁人呢？這對神明來說是一種汙辱。」

「可不是嗎？這個金行隆良眞是太胡鬧了。」

「別說了，金行家六代單傳啊！還是從京都來的貴族，怎麼可能讓他入贅？」

「不入贅，就不要娶女巫啊！敗壞規矩、敗壞規矩！」

「京都？怎麼會跑來我們這種鄉下地方？」

「不知道啊！好像……得罪貴人了吧！」

「哎！兩個人相愛了嘛！有什麼辦法呢！聽說，美和子做了很大的犧牲呢！」

惠梨佳有些訝異自己聽到的，抬起頭看了看那對新人，多麼的郎情妾意，恩愛非常啊！不自覺又喃喃道：「很相配啊！爲什麼不祝福他們呢？」

沒多久，惠梨佳便聽見手機鬧鈴聲響起，她按下「不再提醒」便起床洗漱，準備下樓吃早餐。

她並未在意昨夜的那場夢，儘管那夢境是如何眞實、如何清晰。

惠梨佳拿起行李箱中的一整排小香水，一瓶甜美的柑橘味香水，還有一瓶綠茶薄荷的香水，將兩種味道噴在自己的手腕上，一前一後的，又將其混合抹在脖頸上。準備就緒後她便下樓，在飯店門口等待潔子的到來。

惠梨佳遠遠看見潔子的車，她開心的揮了揮手，剛坐進副駕她便熱情喚道：「潔子醬，今天也很精神喔！」

「惠梨佳醬，今天還是那樣卡哇伊ㄋㄟ。」

兩人說說笑笑了好一陣子，才來到百貨公司採買美智子的新婚禮物。

當她們買好心儀的禮物時，惠梨佳的手機響起。

「媽媽，我在日本啊！想來媽媽的故鄉，拍有靈氣的風景照回去。」

「沒有啊！我睡得很好。」

「媽媽，妳太多心了。我跟潔子在一起呢！先掛啦～」

潔子歪著頭看向惠梨佳，面無表情道：「妳媽又催妳回家嗎？她好像不喜歡妳離她太遠。」

惠梨佳俏皮的眨眨眼：「她還當我是孩子呢！剛剛還擔心我晚上睡不好。」

「羨慕，妳爸媽都超好的。」

惠梨佳望向不遠處的一間咖啡廳，「我們去喝點東西，休息一下吧！」

第三章　生出子嗣

兩人來到咖啡廳，聊起往事……

惠梨佳攪拌著剛剛送來的拿鐵，將奶泡均勻的攪散，她噗哧一聲笑了出來，「還記得以前都沒有人敢去找妳吃飯嗎？」

潔子或許是想起從前，半捂著嘴也跟著笑了，「啊！抱歉，那個時候也只有妳膽子夠大，拿著三明治和咖啡，就跑到解剖室來找我。」

「是啊！我那時候到底怎麼想的？」

潔子拿起果汁，她喝了一口繼續說道：「那時候也沒有人敢和我合租公寓，都嫌棄我身上有死人的味道。」

「哪有啊！潔子最香了，明明是那麼愛乾淨的人。」

聊到這裡，潔子突然有些落寞：「妳還常常開車帶我去佛寺換平安符呢！」

惠梨佳像是想到什麼，又小心翼翼問：「那……妳現在還會遇到嗎？」

潔子搖搖頭：「畢業後就沒有了，或許是那陣子我時運低吧！」

買完禮物潔子開車送惠梨佳回到飯店，並約定了後天再約會的地點。這次是美智子的婚前單身派對，而明天潔子答應要陪妹妹去逛街，所以沒辦法來找惠梨佳。

惠梨佳很能體會潔子的心情，畢竟法醫的工作很忙，她也是難得回國一趟。

惠梨佳回到房間，這次她點了冰鎮的紅酒，拿出在小7買的起司跟巧克力。她靦腆的笑著：「這些東西，就當晚餐吧！」

照慣例她還是先沖洗後才泡進裝滿溫泉的浴缸裡，逛了一天的百貨公司，她的腳又痠又痛，泡了半小時才覺得自己又活了過來。

惠梨佳披著濕漉漉的頭髮，只穿著浴袍，她靠坐在單人沙發上愜意的喝著紅酒，聆聽著莫札特〈D大調奏鳴曲〉。

她閉上雙眼去感受每個音符中所蘊含著的感情，在搖頭晃腦中漸漸沉入夢鄉。

第二夜。

柏原美和子懷孕了，她捧著高高隆起的腹部看起來很幸福，望著金行隆良的眼神還是那樣的充滿甜蜜。美和子輕撫著肚皮，笑得天眞爛漫，「隆良，我肚子裡的孩子，你打算幫他取什麼名字呢？」

隆良抬起他稜角分明的下巴，顯得很是意氣風發，爲金行家有了後代而感到驕傲。

「那還用說，當然要取名爲『武』，他是我的第一個兒子，就叫『武一』，第二個就叫『武二』。」

美和子一聽，有些擔憂，卻又換了張笑臉輕輕柔柔的問道：「那……如果是女兒呢？」

誰知這時隆良眼神突然犀利了起來，「沒有這種可能，美和子，收回妳的話。」

美和子愣怔了一下，隨卽反應過來，便趕忙附合道：「也是，隆良的種必定是良種，也必定是能傳承金行家的子嗣。是我多言了，之後我會多努力爲金行家多生幾個優秀的男子。」

隆良點點頭看似十分滿意美和子的說法，疼惜的一把將她擁入懷中。

時間很快又過了三個月，美和子每天都會回神社祈禱，雖然她放棄了巫女的身分，但她的叔叔和堂妹都還在神社。而堂妹也接替她成爲新的巫女。

美和子這天也如同以往的去神社祈禱，突然，二腿間流出淸澈的體液。一旁同在神社裡拜拜有生產經驗的婦人見狀，便知道美和子馬上就要臨盆，便隨即差人通知產婆，又將美和子送入神社乾淨的廂房內。

她痛苦待產了一天一夜，終於在羊水流盡前生下一個兒子，美和子欣喜的望向襁褓中的嬰孩，由衷的感謝神明保祐她平安生產，而且生了一個金行家最爲看重的子嗣。

這時等在外面的隆良也十分高興，抱著兒子便匆忙跑回家，也不管產婆後來的叮囑。

他只知道，他的兒子從小就該享受金行家致高無上的尊榮，絕不能屈身待在這破舊的小小神社，哪怕他只是一個剛剛出世的嬰兒！

第四章　持續的惡夢

美和子一個人被丟在神社廂房，而她歷經生死才產下的骨血，就這樣被丈夫給抱走，甚至臨走前沒有和她說過任何一句話。

那瞬間，美和子好像突然懂了些什麼，她冷靜下來，似在細細思量著未來的日子自己該怎麼過……

其實，一開始美和子並非自願嫁給金行隆良的，只是自己父親被公公抓了把柄，她迫於無奈下，才不得不放棄巫女的身分，嫁於隆良。

而金行家也不知道是從哪方陰陽師那裡得知，說美和子必定能爲金行家產下有出息的子嗣。只有一點，隆良此生必須唯有美和子一妻，若是納了妾，則後患無窮。

叮叮叮～手機鬧鈴響起。

惠梨佳睜開眼皮漸漸甦醒，這時她感到有點奇怪。

「美和子？隆良？好熟的名字。」

但她沒有多想，照著自己的步調洗漱、用完早餐後，她才坐著電車來到附近的海洋公園，抓拍幾張美到不似實景的照片。那在寶藍色湖水裡爭奇鬥艷的魚群，激起她不斷按下快門的衝動。

直到午餐時間，惠梨佳的手機再度響起。

「卡醬，我很好哦！明天跟美智子有一個單身party，後天她結婚……嗯～嗚，等潔子的假放完吧！大概一星期後，我就會回去了。」

「啊～啊～卡醬，妳放心。我睡得很好啊！沒事的，有問題我會跟妳說的，絕對。」

掛了電話她休息到下午，惠梨佳又跑去拍了高塔，那算是這一區最具有象徵性的地標。

這樣忙碌了一整天，她再度回到飯店。她放好溫泉水後泡進浴缸，邊拿出面膜邊喃喃道：

「明天就是單身party，要好好保養一下，帶盒眼膜去好了，金箔的那盒，希望她會喜歡。」

明天美智子是在出嫁的飯店舉辦單身party，她的家太小了，去別的地方又怕夫家多心，這間飯店有她的親戚在裡面當經理，大家喝了酒玩鬧起來也比較安心。

正當惠梨佳沈思到一半時，突然又是一陣暈眩，那股噁心感再度襲來。

「啊～一定是這兩天喝太多酒了，那今天休息吧！」

惠梨佳並未在意，繼續著她的泡澡大業。之後起身做了去角質，還敷了一層面霜，沒到3分鐘就將其刮掉。這時惠梨佳重新放了熱水，再度泡進溫泉後她又用了張面膜敷上。

惠梨佳覺得去角質後再用面膜，臉才不會發癢。15分鐘之後，她又拿起玫瑰粗鹽去身體的角質，接著沖了冷水。

惠梨佳非常喜歡這種皮膚緊繃的感覺，哪怕有人說她這樣的保養方法毛孔會堵塞。她漫不經心的拍上身體乳液，看了會兒無聊的電視節目。

有些心慌的惠梨佳頓時失去食慾，她漫無目的的東張西望，像似想替自己再找些事做，卻在一瞬間軟倒在床，昏昏沉沉的睡了過去。

第三夜。

金行武一成年後，很快家族便爲他尋到聯姻對象。而他卽將迎娶京都山田家的長女——麻里亞爲妻。這些年因爲隆良早已對美和子有過承諾，此生絕不會再納小妾，所以金行家目前也只有美和子這個女主人。這是麻里亞選擇金行家的原因之一！

婚禮當天美和子欣慰的看著兒子、媳婦舉行婚禮，新娘子穿著比美和子當初更爲高貴、華麗的傳統和服，純白無垢，但在領襟邊的雲彩紋圖無一不是在提醒著，這個新娘的身分並不一般。

山田麻里亞和金行家同樣是出生京都貴族的旁支，或許對眞正的貴人來說，他們的身分並不算得上什麼，但對福島這樣的地方來講，那樣的身分足以算得上是貴氣驕盈。

同樣是在神社舉辦的婚禮，但此時，美和子的堂妹風櫻，看著美和子的眼神中卻出現了閃躲……

美和子隱約感覺到了什麼，卻閉口不言，心裡卻是暗暗有了猜忌。

這些年，美和子只生下武一這個子嗣，還有一個女兒千鶴，爲了免除千鶴被聯姻控制的命運，從小她便將千鶴交給遠嫁大阪的姊姊扶養。她的姊姊智美子因多年未曾孕育一兒半女，早已被丈夫離棄。

她這麼做，也是希望金行家能每月都撥出一筆錢來，給姊姊美智子和千鶴過生活。

第五章　吐出蟲子

手機鈴響，惠梨佳臉上露出複雜的表情，她很快解除手機鬧鈴，跑進廁所在馬桶上吐了起來。她看見吐出的穢物中，有緩緩蠕動的細小蟲子。惠梨佳嚇了一大跳，她拿起透明小封袋，用修眉的夾子一一將其夾起。

她強忍著噁心按下了飯店的電話，要求他們的值班經理過來一趟，惠梨佳很生氣，她覺得一定是飯店的飲食不潔，才會害她這樣嘔吐。

很快經理便過來道歉，並承諾會將蟲子送去化驗，他們不排除是海鮮出了問題，也答應給惠梨佳一些折扣。

但發生這樣的事，惠梨佳是不敢再住下去了。她馬上收拾好自身行李，並打電話告知潔子來接她，就準備換到美智子出嫁的那間飯店。

經理一臉愧疚的再次鞠躬致歉，並保證會將化驗的結果告知，便親自送惠梨佳出門。

潔子的車停在門口，她也感到異常氣憤，「怎麼搞的，這麼大一家飯店，怎麼衛生管理這樣差？如果顧客因爲這樣生病，你們要怎樣賠償？」

經理低頭再次致歉，並目送她們的車緩緩駛去，但臉上是極爲納悶的。他喃喃道：「這位客人都沒有吃生食啊！難道熟食也會有寄生蟲？」

車上，潔子面露擔憂，「要不要先送妳去醫院？美智子那裡是晚上才開始，不耽誤的。」

惠梨佳想了想，點點頭，「好吧！先去醫院檢查一下。」

於是兩人來到醫院做了一系列的檢查，趁等待報告的時間，她們先來到飯店辦理入住，才又回到醫院等報告，期間，惠梨佳的手機再次響起。

「卡醬，沒事，我很好。」

「知道的，妳放心，我睡得也很好，沒有異狀。」

她掛了電話，一旁的潔子揶揄道：「惠梨佳眞是爸媽的小公主、心肝寶貝啊！不知道妳出嫁那天，爸媽會不會跟著妳陪嫁出去？」

惠梨佳好氣又好笑：「說我呢！那妳咧～什麼時候會出嫁？」

潔子堅定的搖搖頭：「不，我不想嫁。」

惠梨佳歪著頭，好奇的看著潔子：「ㄟ～爲什麼？」

潔子笑而不語。

回到醫院。

因爲她們是自費的加急檢查，報告也一一出來。結果非常正常，惠梨佳很健康，吐出的蟲子很有可能是飲食不潔。因此，醫生還是開了一星期的抗生素。

惠梨佳抱怨道：「這樣今天、明天都不能喝酒了，眞掃興。」

醫生聽了笑著搖搖頭：「妳要吃也可以，不吃也可以，但吃了藥就要堅持連續吃一星期。」

潔子阻止惠梨佳想說出口任性的話語，直接跟醫生道謝後，便拖著惠梨佳離開診間。

「妳別胡鬧，身體要緊。如果妳出事，伯父、伯母一定會非常擔心的，吃吧！」

惠梨佳無奈的點點頭：「好吧！我們趕快回去，要7點了。潔子，抱歉呢！害妳陪著我跑醫院，今天都沒時間去美容。」

潔子擺擺手玩笑道：「就算不美容，我也是妳們之中最美的一個，不用跟我客氣，妳們盡情綻放美麗吧！」

惠梨佳噗哧一聲笑了出來：「潔子，有妳眞好。」

兩人來到美智子預定的總統套房，裡面放著靡靡蜚蜚的樂曲，七個不同風格的女人或坐或臥的橫躺在床筵、沙發上。

美智子嬌媚的趴在貴妃椅，慵懶的抬起頭看了眼來客：「啊～潔子和惠梨佳來了啊！妳們自便啊！我剛剛～呵呵呵呵！」

潔子聞了聞空氣中大麻葉燃燒的味道，無奈的搖搖頭：「美智子，妳還眞是不放過任何放縱的機會啊！」

「沒辦法，結婚後壓力會很大的。」

另一個嬌媚的女人緩緩道：「那妳還選擇結婚？」

美智子是名護理師，她先生是個醫師，兩方家長都對雙方的職業很滿意，雖然兩人不是在同一所醫院。

她無奈道：「沒辦法，我爸媽很滿意對方，而我的年紀也到了該結婚的時候。」

第六章　公媳的亂倫

惠梨佳對婚姻還很懵懂，根本不知道那對一個女人來說，算得上是一輩子的賭注。

她笑得嬌憨，坐在柔軟的圓床上：「哇！這床好軟喔！美智子結婚後一定要幸福喔！」

眾人看著彼此會心一笑，美智子起身打開卡拉OK：「來點歌吧！今晚我們不睡了，一起狂歡到底。」

酒憨耳熱之際，其中一名女郎接了通電話，她悄悄的去開門，這時大家才發現，有一個肌肉型男跳著誘人心魄的熱舞，慢慢靠近美智子。

而美智子也大方的舞動自己的身軀做爲回應，這時惠梨佳感到有些臉紅心跳，害羞的躲進廁所。

潔子發現了她的異狀，悄悄的跟另一個女郎交頭接耳好一會兒，便將惠梨佳從廁所帶出。

「走，我們回妳房間吧！」

「這樣不好吧！很掃興的。」

「不會，我跟她們講過了，妳先回去休息，我等等再過去。」

惠梨佳回房後，潔子喝了一杯冰水後便離開，惠梨佳沖了個澡，看了眼手機，凌晨3點。

她感受自己的心跳，靜靜的躺在床上，瞬間睡去。

第四夜。

麻里亞懷孕了，整個金行家都歡天喜地的準備祭祀，這時武一提出要納小妾的要求。美和子是不太贊同的，但隆良卻是十分支持。

他的說法是既然麻里亞已經懷孕，那就該好好休息。而武一擔負著家族傳宗接代的重責，那當然要廣納小妾來綿延子嗣。

美和子反對無效，於是她對麻里亞更是加倍的好，總覺得是金行家虧待她了。只是後來美和子漸漸發現，麻里亞對於自己丈夫納妾的舉動，居然完全無動於衷，好像根本沒當回事一樣，而那些小妾明裡暗裡的爭風吃醋，麻里亞也都裝作看不見、不知道一樣。

美和子原本以爲是因爲懷孕的關係，所以麻里亞才不想和她們計較，直到有一天……她在隆良的書房外，聽見麻里亞咯咯咯的笑聲，那樣的笑聲她太熟悉了，那不就是自己曾經和丈夫嬉鬧時的笑聲？

美和子悄悄縮進角落，她想確認事情是不是如自己想像中的那樣。沒過多久，麻里亞滿眼春色的出來，隆良從後背一把將她擁入懷中，側著頭親吻麻里亞的脖頸。

「女人的味道~眞香啊！」

麻里亞咯咯笑著：「美和子也是女人啊！難道她不香嗎？」

隆良臉色一變，突放開麻里亞：「別提她，掃興。」

麻里亞拿著一把玉扇，輕輕揮了揮，笑得千嬌百媚。

「你們男人啊！就是喜新厭舊，等我生了，你又打算要去勾搭哪一個侍妾？小心，美和子會知道的呦！」

隆良哼了一聲：

「她只是個出身低賤的平民，要不是……我才不會妥協。不像麻里亞妳一樣，血裡流淌的是高等貴族的命脈，我們生下的孩子，才能眞正的繼承金行家。

武一那個笨蛋，高不成、低不就，整天只知道拈花鬥鳥，我恨不得沒生過這個兒子。」

麻里亞左右扭了扭自己雪白的脖頸，眼神魅惑道：「隆良，你該慶幸生到武一這樣的兒子，不然，換了別的兒子，他未必能讓你染指自己的媳婦……」

美和子縮在角落，面容痛苦，她扭曲了臉龐，心裡感到極大委屈。

她等兩人離開後，便匆匆來到叔叔家的神社，堂妹風櫻看著她幾度欲言又止。

美和子一言不發將自己關在廂房，過了好久才出來。

「妳……早就知道了，是嗎？」

風櫻難爲情的搖搖頭：「我不知道，是爸爸的式神告訴我的。」

美和子露出平靜的容顏，緩緩說道：「爲什麼不告訴我，是因爲我背棄了祂，不願意當祂的新娘嗎？」

「不，不是的，太乙是怕會傷害到妳，姊姊應該是知道的。」

美和子笑了，笑得有些瘋狂，「我該知道嗎？我該知道什麼呢？」

說完美和子強作鎮定的挺直背脊，抬頭挺胸的緩步走回家。

第七章　中途離席的新郎

手機鈴聲一響，惠梨佳又迅速轉醒。

她心裡隱隱有些不太舒服，又說不上是什麼感覺，她看了眼時間，早上7點半。

「美智子應該在化妝了吧！昨天的眼膜根本沒有空拿出來用。」惠梨佳有些懊惱道。她來到昨晚的總統套房，輕輕敲了門，潔子像是知道惠梨佳要來似的，沒多問便開了門，「惠梨佳醬，昨天睡得好嗎？」

惠梨佳睡得兩頰通紅，像極了香甜美麗的蘋果，裡面的女郎見狀紛紛笑鬧了起來。

「果然是惠梨佳啊！讓人見了真想大大的咬一口。」

美智子已經在化妝了，她笑得有些勉強，開玩笑道：「唉！真不想嫁了，惠梨佳來代替我吧！」

惠梨佳搖搖頭，淘氣的蹦到美智子眼前，「姊姊今天好漂亮，要開心一點，以後的日子一定會幸福的。」

突然場面一片靜默，似乎是昨晚發生過些什麼惠梨佳不知道的事。

潔子回過神來，催促大家趕緊化妝打扮，怕是等等新郎便會提前到來。

過沒多久，時間來到9點，新郎果然提早來了。他的臉上沒有多少笑容，行爲也像是在敷衍雙方的家長，令惠梨佳看了有些擔心。

10點半，賓客漸漸入場，接著婚禮主持人恭迎新人入場，雙方家長婚宴致詞。新郎、新娘相互介紹對方，然後全體一起乾杯、切蛋糕，開始上菜用餐。

此期間有親友上臺致詞，新人退場換第二套禮服再進場，在這之中他們還有請婚禮歌手獻唱，吃到一半，美智子分送給大家紀念品、花束等。

然後是兩家家人代表對來參加的賓客致上謝詞，婚禮到此結束。

新郎扯下西服領帶，冷冷的說自己還要趕回醫院，就不參加二次會後便自行離開，留下父母及一衆尷尬的親友。美智子強顏歡笑面對自己的公婆，溫柔的說著自己沒關係，丈夫的公事重要。

所有人都在稱讚美智子的大度賢慧，卻沒人看見她眼中的心如死灰。

惠梨佳小聲的問潔子：「美智子……沒有要去渡蜜月嗎？」

潔子臉色一變，拉著惠梨佳來到廁所：「妳別在外面問，他們沒有要去渡蜜月，新郎太忙了。昨天美智子哭了很久，他們並不相愛，是雙方父母相看決定的婚姻。新郎應該……也是不愛的吧！」

惠梨佳皺起眉頭：「不愛？那為什麼要結婚？我是說，為什麼美智子會答應結婚？」

潔子自嘲的笑了：「妳以為每個人都像妳父母一樣嗎？這裡是日本，是全亞洲最壓抑的地方，所以我才拼盡全力的想留在澳洲，那裡對我來說才是天堂！」

接下來的「二次會」惠梨佳沒有再參加，這一切都和她想像中的完全不一樣。

她留在飯店房間裡，回想過去幾天做的夢，自言自語道：「是不是因為婚禮，所以才會做這樣的夢呢？」

不知不覺，惠梨佳再度陷入沉睡。

第五夜。

美和子手持利刃，她一步步的走向麻里亞的房間，她在晚飯中摻進了安神的藥材，又在門口點燃迷魂的白蠟燭。

在確認麻里亞已經睡去後，她召喚式神太乙出現，命令祂將麻里亞拖進廢棄的柴房中，太乙一直拒絕，但美和子並未因此放棄。

她將蠟燭熄滅，利刃收進衣襟，自己背起大腹便便的麻里亞，一步一步的拖到偏僻的柴房中，期間幾次跌跌撞撞都沒澆熄美和子的決心。

第八章　婆婆的復仇

太乙在一旁看著，又心疼又恨鐵不成鋼。

「為了一個爛男人值得嗎？美和子，不要犯傻，跟他和離回來神社吧！妳仍然是我的新娘，而且是唯一的新娘。」

美和子對太乙的叨唸充耳不聞，執著的背起麻里亞將她半抱半拖到柴房，整個金行家一片靜悄悄的，只剩美和子一人醒著。

她笑了，笑著笑著又哭了。

喃喃道：「一個人清醒的感覺，是真的不好受啊！」

太乙伸出手，想撫去她眼角的淚，美和子轉頭迴避。

「太乙，你可以回去了，明天不要出來。」

太乙幾次欲言又止，最終祂離開金行家，祂開了個結界通往神社，想找到風櫻來勸解她。

美和子這時翹起單邊嘴角，邪魅一笑，她掀起麻里亞的睡袍，雪白的肚皮露了出來。

她輕輕的撫摸著，感嘆道：「好美的皮囊啊！這樣的雪白，這樣的緊綳又富有彈性。果然啊！跟人老珠黃的自己相比，麻里亞討喜多了。七個月了吧！聽說是個男胎，讓我幫妳一把，讓妳不要那麼痛苦的把他生出來……」

話落，美和子跨坐在麻里亞的大腿上，她從衣襟裡層拿出利刃，刀鋒劃開了麻里亞的肚皮，從肚臍下一分爲二，一刀劃至麻里亞的陰阜。她接著拉扯出麻里亞的子宮，美和子笑得癲狂，厲聲道：「什麼高貴的血脈啊！不過是父母亂倫雜交下的孽種。」

這時太乙帶著風櫻趕了過來，她快速朝美和子奔去，純白的和服染上點點血斑，風櫻這才發現麻里亞流了滿地的血，而她的奔跑竟帶起陣陣血花紛飛。

風櫻身形有些搖搖欲墜，她顫抖的聲線帶著不可置信的語氣：「美和子，妳瘋了！」

太乙不需上前查看也得知麻里亞母子皆已身亡，祂痛苦的捂住自己的耳朵，不想聽見美和子癲狂的笑罵聲。

「孽子、雜種、亂倫，亂倫啊～大家來啊～來看啊～公公跟媳婦生的畸形兒。」

哈哈哈哈哈哈！

手機鈴聲再度響起，惠梨佳捂住嘴跑到廁所狂吐，這次的穢物中仍有著細小蠕動的蟲子。

她這次吐得人快要虛脫，鏡中的惠梨佳臉色蒼白難看，她忍著不適撥通潔子的手機。

「潔子醬，我好不舒服，又吐了，可以帶我再看一次醫生嗎？」

潔子語氣非常驚訝，便快速的趕回飯店。

「怎麼會這樣，昨天檢查不是說沒事嗎？」

惠梨佳喪氣的垂下肩膀：「我也不知道，而且最近還老做一些怪夢。」

「怪夢？」

惠梨佳回想起來日本的第一天，緩緩道：「就好像，連續劇一樣，那是劇情還是現實，我分不清……」

她把夢的內容全部告訴潔子，說到那血腥的一幕時，還忍不住又吐了一輪。

潔子聽完後渾身顫慄的抖動，「惠梨佳，妳，妳怎麼現在才告訴我，妳忘了，我們在澳洲的時候，就很容易碰上這種事？」

惠梨佳歪著頭回想，「妳是說賭場那一次嗎？還是在公寓氣窗看到的那顆人頭？」

潔子瞬間受不了的狂翻白眼：

「惠梨佳，妳膽子有多大，現在是說笑的時候嗎？我們住在24樓，24樓的氣窗，妳覺得那顆人頭會是反射的巧合嗎？祂甚至偷窺我們的生活耶！

還有，妳忘了紗季養的那隻黑貓嗎？牠看見我們就哈氣。

賭場那次也是，三道門啊！我們都聽見了有人推門進來，還聽見了她們的嬉笑，結果呢？每間廁所的門都是打開的，但沒有人，那些嬉鬧的女聲還在，但廁所裡卻是空無一人。

天啊！我要瘋了，妳怎麼能跟個沒事的人一樣淡定？」

第九章　曼谷求治

惠梨佳呆呆的愣在原地：「欸～我好像沒想過自己會遇到靈異事件耶！這算是嗎？做夢而已。」

潔子無可奈何的揉著自己太陽穴：「惠梨佳，妳吐了，而且吐的是莫名其妙的蟲子，不行！我們去泰國，妳還記得瑞芳嗎？她母親就是一位降頭師，我們得快，我的假只剩最後三天了。」

說完，潔子立即聯絡瑞芳，並同時請飯店幫忙代訂機票，之後便打給她的妹妹，說淸原委後便趕回家拿行李，並督促惠梨佳收拾好自己的東西。

兩人在四小時後到達機場。

「中午了，惠梨佳醬，想吃點東西嗎？再半小時就要登機了，飛機上的餐點太冷，怕妳吃了會更不舒服。」

「不用了，我現在眞的吃不下，等等，我卡醬打來了。」

「嗯，我要飛一趟泰國，都很好啊！潔子一起，去找瑞芳。好，我知道了，愛妳～卡醬，幫我跟豆桑說我也愛他。」

潔子疑惑的問道：「爲什麼不跟妳爸媽說實話呢？妳們感情不是很好？」

「啊！我不想讓他們擔心，尤其是他們很不喜歡我回日本，不知道爲什麼。」惠梨佳聳了聳肩。

六小時後。曼谷機場大門口。

潔子撥通手機，對著惠梨佳道：「瑞芳找不到停車位，讓我們走出機場，她在門口等著。」

三人見面後，瑞芳熱情道：「大學畢業後就沒再見過妳們了，眞想念讀書的日子。」

潔子轉動僵硬的脖頸：「誰說不是呢！我也是難得才休這麼長的假，澳洲的法醫大缺工，醫院還希望我能技術移民過去呢！」

瑞芳笑笑對惠梨佳道：「看來還是我們的小公主最幸福了，還能做自己喜歡的事。我現在啊～從導遊變成補習班教英文和中文的老師，沒辦法啊！現在泰國觀光更旺，競爭更大了。」

三人說笑間便來到瑞芳家，那是棟三層樓的洋房別墅，地方非常大。室內就有60坪，含前後院。

潔子看了看四周：「難怪妳叫我不用訂飯店了，妳家有幾個房間啊？這麼大！」

瑞芳開了吊扇和空調：「六間啊！隨便妳們住，我爸媽很好客的，剛剛我問過媽媽，她晚一點會回來幫惠梨佳處理。她現在跟我爸在外面吃飯呢！妳們別跟我客氣，家裡有請鐘點工，有什麼需要跟她們說就行，英文也通的。」

晚餐時惠梨佳仍吃不下東西，只喝了一些海鮮酸辣湯，潔子胃口不錯，吃了二隻咖哩螃蟹、一些米飯，還跟瑞芳喝了點啤酒。

因爲瑞芳媽媽回來時間已經太晚，所以大家約好明天先去按摩，等瑞芳媽媽睡醒後再幫惠梨佳看看。

晚上潔子就睡在惠梨佳旁邊的房間，她喝了點酒，又加上坐飛機眞有些累了，便先去洗漱睡覺。

惠梨佳則無來由的有點心慌，自己突然有種說不出的委屈感，她不斷的翻看手機相冊，卻又頓覺煩躁。

時間剛過午夜，惠梨佳瞬間不自覺得躺在沙發上一秒入睡。

第六夜。

附近的鄰居被美和子尖銳的叫喊聲喚醒，紛紛拿著油燈來到金行家門口。但裡面好像空無一人般的寂靜，但大家明明就聽到了美和子的聲音啊！

於是村長便指使自己兒子去神社請宮司和巫女，接著自己便上前敲門，終於，這樣的吵鬧聲把隆良給驚醒。他派門房開了門，也才發現屋子裡的異狀。

隆良聞到一陣非常濃厚的血腥味，濃郁到令人做嘔的程度，卻又不像是畜牲的血，他掩住口鼻，讓下人順著味道去尋。

不一會兒，武一也來到隆良待客的廂房，等候下人與村長的調查結果。

這時，後院突然傳出一陣尖叫做嘔的聲音，咒罵的言語此起彼落。隆良立即意識到出了大事，便順著聲音來到早已廢棄的柴房。

武一跟隨在後，卻忍不住瀰漫在空氣中的怪味，那是血腥和穢物摻雜在一起的氣味。他頻頻做嘔，皺起眉：「父親，我先去看看麻里亞吧！」

第十章 巫女變瘋魔

隆良不耐煩的點點頭，獨自進到柴房。但眼前的一幕卻嚇得他心驚膽戰：「妳、妳瘋了嗎？美和子，妳在幹嘛？那，那也是妳的孫子！」

美和子嗤笑一聲，說道：「別裝了！我已經掀了你的假皮，連我的式神都能做證。這孩子是你跟兒媳亂倫生出來的孽種，我是絕不會讓他活下來的！」

隆良跌坐在地，手指顫顫巍巍的比著美和子：「來人，把她給我綁了，這女人瘋了，說的都是胡言亂語！」

太乙早已在村長來時就已離去，風櫻這時連忙出聲阻止：「美和子說的是眞的，大家不能這樣對她，美和子是太乙的新娘，你們難道要違抗太乙一起對付她嗎？」

村長有些遲疑，伸手擋住上前的村民。這時神社的宮司也站了出來，他對眼前的這一幕感到無比震驚，隨卽向所有人躬身道歉。

「眞是麻煩大家了，在深夜給大家帶來困擾，可是，美和子不能死，她絕對不能死。如果大家信任我，就讓我來處理吧！美和子將會永遠的關在神社裡，直到死亡。」

村長考慮到曾經幫村子算命的陰陽師說過，巫女是絕對不能嫁人的，只可以接受招贅，不然便是對神明的不敬，最終只會招惹禍端。
想當初美和子要拋棄巫女的身分，下嫁給金行隆良這個凡人時，村裡反對的聲浪不斷，如今果然是出事了啊！
村長嘆了口氣，不得已的點頭，算是同意了宮司的說法。
只有金行隆良不依不饒的，拒絕宮司的靠近，並讓下人開始趕人送客。
他實在是太氣了，爲了不違反納妾的承諾，他只能偷偷摸摸的與兒子協議，讓武一娶了與金行家同爲貴族旁支的山田麻里亞，爲此，他還給了山田家厚重的聘禮。
而麻里亞在嫁進來的那一刻，便知道自己是兩父子的禁臠，但她毫不在意，反而對周旋在兩父子間的肉慾遊戲十分沉溺。
她並不在乎懷的是誰的孩子，因爲在嫁進金行家前，麻里亞早就不是處女，她喜歡家中壯實英俊的侍衛，也經常與不同類型的人，玩著沉淪的情慾遊戲。甚至，和自己的父兄。
對此，武一並不在乎，他本來也不是個專情痴心的人，所以並未告知隆良，新婚夜的麻里亞並不是他想像中的純美潔淨。
而對隆良來說，麻里亞是爲了金行家犧牲自己的身體，以高貴的血脈承服他們父子，那是極大的奉獻，隆良爲此對麻里亞更是寵愛非常，尤其是與美和子這樣善妒的原配做對比。而現在美和子竟然將她給殺了！還殺了他的兒子，那是個擁有貴族血脈的子嗣，比武一更高貴的子嗣。

隆良怒氣沖沖，在所有人退出柴房後，便大聲的喝斥美和子。

美和子或許是累了，魂不附體的靠在牆上，對隆良的怒斥充耳不聞，鼻喉間輕輕哼起一首童謠：

「通行了，通行了
這是哪裡的小道
這是天神的小道
輕輕通過　到對面去
如果沒有要事　就不需通過
爲了慶祝孩子　七歲生日
請笑納錢財　保我平安
順利出行　難以歸來
雖然害怕歸途
通行了，通行了
通行了，通行了

這是冥府的小道
這是鬼神的小道
輕輕通過　到對面去
如果沒有供品　就不能過去
爲了憑弔孩子　七年忌日
想要供養而前來祭拜
活著還好　死後生還就很可怕
雖然覺得恐怖
通行了，通行了。」

一曲罷，美和子的歌聲悚人心弦，配上她尖銳的笑聲，令還未遠去的衆人聞之不寒而慄。

第十一章　身首異處

隆良一聽也跟著害怕起來，命令道：「別再唱了，美和子，停止，妳再唱我就殺了妳。」

美和子並未理會隆良，仍是一邊唱、一邊笑，她用手指捲著自己的長髮，一圈圈玩弄著，無視於血泊中破肚的麻里亞，和擺在地上的僵硬嬰屍。

隆良一氣之下衝回房間拿了一把武士刀，他威脅美和子道：「不准再唱了，停下，給我停下！」

本來刀鋒離美和子還有些距離，但美和子突然暴起，大聲喊道：「金行隆良，我以一級巫女的言靈詛咒你們，金行家從我此後斷、子、絕、孫。」說罷便朝他撲了過去，隆良在驚恐之餘揮刀砍中了美和子的脖頸，也不知隆良是有意還是無意，他拖刀旋轉，美和子的頭顱也隨著刀鋒砍落在地。

等太乙從結界出來時，一切都已來不及，祂悲慟的抱著滿身是血的美和子，將她的頭顱放入自己懷中。連祂從神社帶來用以超渡麻亞里的結界法圈，都沒了用武之地。太乙惡狠狠的瞪著隆良：「畜牲，你會後悔的！」

隆良狂傲輕蔑的回道：「沒有這個瘋女人，金行家會有更多妻妾來替我們父子綿延子嗣，我不在乎這區區一個巫女。」

手機鈴聲響起，惠梨佳沒忍住噁心，拿起手邊的垃圾桶就吐了起來，仔細一看，裡面還是有在蠕動的細蟲。

這時，瑞芳媽媽開門進來。

她盯著垃圾桶面色凝重道：「這不是蟲蟲，我沒辦法幫妳。這是食屍蟲的幼蟲。」接著瑞芳媽媽疾步走了出去，又拿了酒精和打火機進來。她將垃圾桶內的屍蟲燒毀，那股腐屍的味道，瞬間瀰漫整個房間。

「我去找阿贊，妳們就不要出去了。」

話落，瑞芳媽媽又行色匆匆的出門，甚至都還來不及交待瑞芳一聲。

潔子睡到快中午才起床，她來到客廳，看見惠梨佳臉色蒼白的在發呆，而瑞芳在一旁安慰著她。

「沒事的，我媽媽已經去請阿贊了，別想太多。」

潔子疑惑的看向瑞芳：「怎麼了？」

「那是食屍蟲的幼蟲，不是蟲蟲，我媽媽沒辦法處理。她已經去找認識的阿贊了。」

潔子沉默的點點頭，過了片刻：「我知道了，惠梨佳吃過了嗎？」

瑞芳搖頭，這時突然門被打開，一位穿著黃袍的阿贊走了進來，後面還跟著瑞芳媽媽。

「就是她嗎？」

瑞芳媽媽虔誠的雙手合十：「是的。」

阿贊趨步上前查看惠梨佳的狀態，眉頭一皺：「是怨靈，她在哪裡沾上的，就要回哪裡解決。」

惠梨佳茫然的抬起頭：「怨靈？我不知道啊！」

阿贊搖了搖頭：「那我也愛莫能助了。」說完便徑直走了出去，留下她們四人面面相覷。

瑞芳媽媽還是追了出去，潔子皺起眉頭，遲疑了一會兒。

「我們去澳洲的佛光山吧！惠梨佳還記得嗎？每次我遇到奇怪的事情，都會去求平安符，等事情過去再跟自己手抄的《心經》一起燒掉，那怪事就過去了。」

事到如今，惠梨佳已經沒有任何想法，只能木訥的點點頭。

等潔子安排好一切，已是傍晚6點，這中間惠梨佳的手機響過好幾次，但她並未接通。

潔子小心翼翼地問道：「怎麼不接呢？是妳卡醬吧！」

惠梨佳搖搖頭，還是不肯說話。

潔子在上飛機前傳了一個訊息給惠梨佳的母親，內容大致就是她們玩得很好，惠梨佳累了，她們去按摩所以沒有接到電話。之後會陪她先回一趟澳洲，學校有些事情需要惠梨佳協助辦理，請卡醬不用擔心。

第十二章 女怨的詛咒

雖然是在飛機上，但長達近9個小時的旅程，也實在令人累得夠嗆。期間惠梨佳一直撐住沒有睡，這次她們是直接飛雪梨，潔子已經安排好一切。

上了接機的專車，這還是潔子醫院給她特派的車子，她們一路開往佛光山南天寺。或許是心安的關係吧！惠梨佳在搖晃的車子上很快昏睡過去。

第七夜。

太乙將美和子的頭顱及屍身帶走後，金行家便恢復了往日的平靜，隆良並未在意美和子最後的詛咒，也沒將太乙的話當眞。畢竟，他們也算是彼此曾經的情敵，誰又會把情敵的話當眞呢！

於是金行家開始大肆的納妾，武一也有三個姬妾已經懷孕，而所有下人都對美和子和麻里亞的死避口不提。但就算這樣，村子裡的謠言仍是甚囂塵上。

神社裡，宮司及風櫻也打算離開這裡，去大阪找美和子的姊姊跟千鶴。唯一還留在神社的只剩下太乙，他曾經的陰陽師囑咐過，他必須永遠留在這裡鎮守一方。

至於美和子，她的屍首被宮司埋在附近最高的山，是一個能遠眺大海的地方，他們希望美和子能就此遼闊心胸，放下過往。

儘管如此，村裡的民衆仍然感到人心惶惶，希望金行家能請高僧來誦經，儘快超渡美和子的怨魂。不過這些請求都被金行隆良給否決了。

「人死燈滅，更何況美和子是金行家的罪人，我不會因爲你們這些無知村民就妥協的。」

提議遭拒後，村長便帶領鎮上的青壯年，來到埋葬美和子的山頭，他們替美和子蓋了一個小廟，虔誠的請她千萬庇佑此地的所有村民們。更有結了婚的婦女經常去山頭祭拜，以祈求丈夫對自己痴情專一。

日子來到七個月後，武一的姬妾們在預計臨盆的前幾天，被家僕發現橫屍在廢棄的柴房裡，死狀與麻里亞一模一樣。

隆良大怒，命人將廢棄柴房一把火燒毀，並怒吼道：「我不怕妳，美和子，妳這個自私的瘋子。」

這時隆良的姬妾中也有懷孕的，於是他便認爲這些都是有村裡的人在裝神弄鬼，爲的就是替美和子報仇。於是他便要求所有懷孕的姬妾，都必須隨時有人全天候看顧。

但在她們即將生產之際，卻仍然無一倖免的死在柴房內，且和麻里亞的死狀相差無幾，胎兒都不在子宮裡，甚至還看得出男女、五官輪廓，這些胎兒都來不及出世便直接死亡了。

隆良無計可施之下，終於請了一衆高僧爲美和子誦經，但這樣的情況並沒有好轉。逼得隆良只能又回到京都，輾轉多處後，才尋找到當初指點他娶美和子的陰陽師。

但那陰陽師根本對他不屑一顧，鄙夷道：「你都違背了諾言，那還來找我做什麼？」陰陽師當初是爲了阻止太乙娶美和子，這才特意提點隆良的，誰知這傢伙居然連自己媳婦都不放過。何況美和子經過村民的參拜，已經不再是普通怨靈，這陰陽師是再怎麼樣，也不可能去得罪她的。於是無論隆良如何請求，重金禮聘，那陰陽師都一直無動於衷。

這時，待在家鄉的武一卻找到一個遊方術士，此人聲稱他能將美和子封印，武一便立即帶他來到美和子的小廟，不料那中國術士才將踏入小廟的三尺地內，便慌不及路的四處竄逃。

他一邊逃、一邊大聲喊著：「她太兇了，根本沒法談，順著她吧！讓她的怨氣化解。」

自此以後，金行家無一嬰兒出生，連過繼來的都會突然死於非命，時間久了，便也沒有人家願意將女兒嫁進金行家。

就這樣等到隆良死後，武一爲了子嗣，還將父親的屍骨與美和子合葬。結果不到一天隆良的屍骸便被拋出，武一只好另尋葬地將父親入土，而自己又回到美和子的小廟前。

「母親，求妳給我留下一條血脈吧！不然等我死後，還有誰人能將我斂葬呢？」

武一話音剛落，便有下人通傳，說千鶴回來了，帶著她的女兒回來了。

武一恍然大悟，之後又搖搖頭：「母親還是沒有原諒我嗎？」

第十三章　前生今世的相遇

「惠梨佳、惠梨佳，醒醒，我們到了。」

惠梨佳瞬間轉醒，且大口大口的呼著氣。

「怎麼了，妳還好嗎？我們趕快進去求個平安符。」

惠梨佳捂著胸口點點頭：「不知道爲什麼，我有點心慌。」

潔子拍了拍她的後背：「妳是太久沒吃東西了，待會兒我們可以去喝點熱湯。」

惠梨佳訥訥的點頭，兩人便一起進入大殿內，潔子拎著路上買好的鮮花擺在桌上供佛。

接著兩人雙手合十虔誠的禮拜，請佛祖保祐自身平安，家人健康。

之後便來到玉佛殿領取平安符，又在香爐內繞轉三圈過了爐，希望佛祖能加持平安。

禮拜結束，她們走到附近的小唐人街，兩人進到一間茶餐廳。惠梨佳點了雞湯餛飩，潔子則是叫了一份鹹魚炒飯。

兩人吃到一半，惠梨佳的卡醬再度來電。或許是惠梨佳覺得事情結束了吧！她看了潔子一眼，便向卡醬緩緩道來最近的夢，還有吐出屍蟲的事。

在臺灣的卡醬知道後非常緊張，要求惠梨佳趕緊訂飛機票回來，但她連續奔波這麼多天已經很累，所以便將機票訂在大後天的下午。

潔子其實很想繼續陪伴惠梨佳，但奈何她的假期即將結束，只能在下午做國內線的飛機回到墨爾本。臨走前，潔子不自覺的咬緊下唇，看似十分依依不捨，兩人分手前潔子突然沒頭沒腦的問道：「妳……知道了嗎？」

惠梨佳笑而不語，但她臉上的笑容卻失去了以往的純真。「如果這是妳希望的，我可以當作永遠不知道。」

潔子轉身呼出一口長氣：「我們，還會再見的。」

惠梨佳獨自回到飯店，人突然覺得十分疲憊，剛進到房間又昏睡了過去。

迷迷糊糊中，惠梨佳睜開了眼，「啊！好累，我的腰好痠。」她眼前一暗，感覺自己好像被人背著，但無論自己怎麼掙扎，肉體卻一動不動的癱在那裡，就好像靈魂被人困住一樣。

「啊！救命啊！綁票，對！我一定是被綁架了。」

咚！

來人終於把惠梨佳放下，她聞到附近有很厚重的土腥味，空氣中好像還有整片木屑在飛揚。

她眼前仍是一片漆黑，但能確定的是沒有人拿布將她矇住，惠梨佳不解的問道：「是誰，爲什麼我看不到了？」

來人沒有回答，但惠梨佳隱約聽見有兩人在說話，一男一女，之後男人先行離開。

「妳是誰，可以放了我嗎？不管妳要多少錢都可以。」

那女人笑了，笑得非常淒厲：「妳還敢來打擾我的靈魂，都是妳，害我被關在這裡。」

惠梨佳顯得有些害怕，聲音隱隱顫抖著：「我……我不知道妳在說什麼，妳放了我吧！」

那女人沒有理她，反而將惠梨佳的衣衫掀起，然後跪坐在她的大腿上。她難以想像，女人雖說毫無重量，卻讓她怎麼掙扎都難以動彈。接著女人拿出匕首，二話不說就用冰涼的利刃劃開她的肚皮。

這時惠梨佳才感覺到自己的腹部是高高隆起的，她手腳像是被固定在石磨地上，怎麼掙扎皆於事無補，一直到她感覺肚皮被刀刃劃破……

「住手，美和子，夠了。」

「美和子？」惠梨佳突然間彈坐起來：「我能動了！」接著便撒腿想往外跑，卻被美和子一把抓住腳踝。

「妳別想走，不要以爲轉世後我就認不出妳來了。」

美和子的指甲十分鋒長，死死扣住了惠梨佳的腳腕。

「不，不是，我是惠梨佳，柳本惠梨佳，不是什麼山田麻里亞，妳認錯人了。」

美和子陰惻惻的笑了：「妳這個賤人又想騙我，我當年對妳這麼好，這麼疼愛妳，比對我自己的女兒都還要疼惜，妳怎麼能這樣欺騙我、背叛我。看我傻傻的樣子，妳很得意吧！」

太乙這時上前抓緊美和子的手：「夠了，放過她吧！她什麼也不知道。」

美和子眼神銳利的看向太乙：「難道你也愛上她了嗎？連你也要背叛我？」

啪啪啪啪啪啪～

突然一陣雷天電鳴，破空閃過紫色光芒，瞬間劈向趴倒在地的惠梨佳。

美和子見狀氣急敗壞，差點咬碎一口銀牙，放聲尖叫：「不！」

第十四章　永囚瘋人院

惠梨佳從睡夢中驚醒、渾身冒著冷汗，她彈坐起身，看見了自己卡醬。

「啊～好可怕，卡醬，嗚嗚嗚嗚嗚～」

卡醬心疼的抱著她輕聲安撫：「讓妳回家不回家，還好我帶張大師來找妳了，不然……」

惠梨佳淚眼濛瀧的看向穿著紫袍的張大師，微微點了點頭：「大師，你好，我……我這樣就沒事了嗎？」

張大師嗤笑一聲：「沒事？怎麼可能沒事，妳上輩子造的孽，不把它還完怎麼可能會沒事？我剛剛是化了一張紫電符，才能將妳暫時救出，除非妳一輩子不睡覺，不然……」

惠梨佳媽媽一聽，全身又嚇得都顫抖起來：「大師，你看要多少錢，要做多少法事才能超渡那怨靈？」

張大師無能爲力的搖搖頭：「難，那怨靈身邊還有個式神，而且當地居民又爲祂立了廟，要能超渡早超渡了。」

惠梨佳聽後頓時崩潰大哭：「那祂是要我的命啊！」她伸出自己的腳，白皙的腳腕上有著一圈青黑印記，旁邊還有些血絲。

卡醬心疼的從冰箱拿起冰塊，用毛巾包住後，幫惠梨佳冰敷起來。

張大師仔細看了看印記：「嘖，看起來怨氣深重啊！妳說說當初對祂做了什麼事吧！」

惠梨佳沒有猶豫的說出自己一連七天的夢境，還有，美和子說麻里亞是自己的前世。

張大師有些遲疑，便從懷裡拿出了一張草黃色的符紙，貼在惠梨佳腳上。符紙剛剛貼上，便瞬間自燃化成了灰。

惠梨佳和媽媽見狀都嚇到了。

張大師緊皺眉頭嘆了口氣：「我是救不了妳，但有個地方或許能保妳不被祂抓到。」

「什麼地方？」

資深護理師擺著親切的笑容：「惠梨佳又有訪客了，趕快去會客室吧！妳朋友對妳眞好，每年這時候都會來看妳。」

惠梨佳迷濛著雙眼，神情恍惚的點點頭：「嗯。」便由著護理師推自己過去。

會客廳內。

潔子坐在單人沙發上揮了揮手：「這裡，惠梨佳醬。」

惠梨佳隨即坐定位後，護工便暫時離開了。

「惠梨佳醬，我帶了很多妳喜歡吃的東西喔！趕緊吃吧！」

惠梨佳眼皮一掀看淸楚來人，她也不怕髒，就突然跪在地上：「千鶴，妳原諒我吧！幫我跟美和子說，我知道自己錯了，放過我吧！我已經坐了10多年的牢，放過我吧！求求妳！」

潔子也跪在地上，想將惠梨佳扶起。

「惠梨佳醬，妳在說什麼，我怎麼都聽不懂呢？不會是又犯病了吧！要不要幫妳叫醫生？」

這時惠梨佳的卡醬也走了過來，見狀便將小心翼翼的將惠梨佳扶起。手一遍又一遍的撫著她的後背，嘴上不停的提醒她慢慢呼吸。

惠梨佳轉頭看著卡醬，突然神經兮兮的靠在她耳邊說：「潔子的前世是金行千鶴喔！她是來替美和子監視我的，她們要我痛苦一輩子。連美智子也是她們的後人，這是一個局，這是一個局！她們都騙我，都騙我！而我又有什麼錯？這不關我的事啊！」

卡醬見狀也只能先安撫道：「好、好，媽媽待會兒跟潔子講，惠梨佳先吃點東西，好嗎？」

卡醬轉頭，便在臉上堆滿笑：「潔子，眞是麻煩妳了，難得妳每年都記得來看惠梨佳。」

潔子頷首露出溫柔得體的微笑：「哪有，都是我不好，不該讓惠梨佳回到日本的。」

「當年，張大師說只有瘋人院的磁場最亂，或許能保惠梨佳一命。可是，剛開始住一兩年還行，後來她的精神狀態就越來越差。我想算了，至少人還活著就好。」卡醬不由得掩面哭泣道。

潔子表情微妙，但仍是出言安慰：「人活著就好，伯母這些年辛苦了。」

卡醬抹了眼淚，贊同的點點頭，她視線掃向正開心吃東西的惠梨佳，卻沒注意到潔子翹起的梨窩和嘴角，那邪肆一笑閃眼而過。

（第一部完）

第二部

護理師的靈異事件簿

第一章 那位大哥

我是曾梅，現在是護理師，從小我便有著大家所說的「靈異體質」，有時候能看到，有時候又不行，應該這麼說吧！我運氣比較差的時候便容易看到這些「好兄弟」們。

我也很納悶，因爲自己是正午出生的，照理說不是陽氣比較旺？

故事發生在我國中時期，那時候的QQ很流行，結果我的好朋友在我不知情的狀況下，將我的照片寄給了她的網友。

那名網友從小就有心臟病，醫生常叮嚀不能受刺激，暫且稱網友爲小明好了。

小明已經20歲了，因爲身體的關係他的家人非常保護他，他也還沒交過女朋友。

結果有一天小明在網上認識了我的朋友小文（化名），一聊之下意外的心動了，而且小文還寄了照片給他，小明因此墮入情網，便要求出來見面。

而小文卻不敢跟小明坦承，也不敢跟我說是拿我的照片去交友，只能騙我陪她去見網友，因爲一個女生出門她會怕。

於是我們便約出來見了面，加上我其實也有點顧慮，所以便約在加油站，第一次見面，小明身後便跟了他的堂兄、表弟，大家相約去喝茶。

才一見面，小明便表現的很羞澀，他皮膚非常白，但嘴唇隱隱有些發紫，而這時小文卻明顯的沉默了。

我不明所以，只當小文也一樣羞澀，所以整場下來很是熱情的和大家寒暄。一直到時間差不多晚了，我準備回家時，小明的堂哥把我拉到一邊。

「我這個弟弟心臟不好，不能受刺激，以後你們吵架可以跟我說，妳不要讓他太生氣。」

我一頭霧水，但後來想想，他是不是不好意思跟小文講，所以才透過我來傳達？所以也就點點頭說：「好，我知道了。」

之後我也沒有再關心這件事，直到有一天我在自家開的店幫忙時，突然看見小明出現在我面前，我見到熟人很是驚喜，因爲小明家不是住這附近的。

我熱情的招呼他跟他堂哥，又跟他聊了一下午小文的事，小明還是非常羞澀，所以我並沒有多想。當他要回家時還拘謹的問我，能不能約我出去玩。

我回他說：「如果小文有空的話就去。」

但就因爲這一句話，小明瞬間變臉了，他說：「妳是我女朋友，爲什麼要一直提小文，我不喜歡她難道妳不知道嗎？每次要找妳就小文、小文，妳到底把我當什麼？」

他非常激動，堂哥拉著他不停順背，然後對我說：「妳當初是怎麼答應我的，妳眞的很瞎耶！」

一聽，我也來了氣：「你們是小文的網友，我看在她的面子上才招待你們的，說些什麼莫名其妙的話，我一個字也聽不懂。」

他堂哥也愣了一下，問道：「妳QQ號叫什麼？」

我回了一個名字。

「妳不是×××？」

我說：「當然不是啦！那不是小文的號。」

至此眞相大白，小文得知後也只是一直哭、一直哭。

我沒將這件事放在心上。

但過沒多久，小明的姑母居然打電話到店裡來，而且還是我媽接的，她說小明在榮總，剛出加護病房想見我。

我媽不明所以以爲是我的同學住院，便也就客氣答應了。

一直到我放學回家，我媽才提起這件事。

我當下就拒絕了，非親非故的，而且，也有小文的關係。我覺得自己不能去看他。

不過不久後，我便後悔了。

榮順死訊傳來後，這位大哥幾乎時時跟著我，有一次我在睡覺時祂還靠我靠得很近，整個影子投在牆面，因爲我習慣側睡，只要一翻身，絕對被嚇得心臟快痲痺。

後來我媽媽找了個老師幫我處理，可惜沒用。完！全！沒！用！甚至跑宮廟、看風水、改信別的教都沒用。

這件事纏繞了我許多年，只是從一開始的每天，變成一星期一次、然後是一個月、一年、偶爾。

後來不知怎麼的，祂也就沒再來「看」我，但我是有發現，祂應該是沒有惡意的，而且在我遇上事的時候，像冥冥之中有「祂」在護著我。

這是個人經驗分享，究竟「祂」是怎樣的情況，其實我也不太清楚。

第二章　死在廁所的女孩們

說眞的，現在寫這些靈異文還有些怕怕，不知道會不會招惹到什麼。

事情發生在澳洲，十多年前我和朋友去賭場小玩一把時所發生的事。

我和四位新加坡籍的朋友一起去到賭場，因爲澳洲賭場實在有夠多，走不到二條街一定會有，只是分規模的大小罷了。

而且只要下注就能喝免費的咖啡，有些還會送小三明治，很多當地的老人也是會在那裡坐一下午。

四位朋友中有一位叫潔子，她和我一樣是有靈異體質的，這天我們逛街逛累了，便找了家賭場坐坐。

剛坐下時潔子的臉色就很不好看，但當時我並沒有聯想到「那裡」，只覺得是潔子逛太久，有些疲憊。

因爲大白天的，所以我壓根也沒往那方面想。

可是坐沒多久Ann就說想換一家，其他人都沒意見，那當然我也不會有意見，只說了想先去上廁所。

那間賭場的廁所很特別，有三扇門，打開第一扇門時，大約還要走個五步左右，才能打開第二扇門，接著再走過二、三步，才會到達第三扇門。

我開了第三扇門時就有些嚇到，因爲廁所門全部都是打開的，而且洗手檯那邊的鏡子居然是落地的連身鏡。

這讓我非常確信這間廁所裡只有我一個人。

很快，我挑選了倒數第二間。
進去才剛拉下褲子，我就聽見門打開的聲音。
啪啪啪……連三聲。
我沒有在意，繼續動作。
突然傳來幾個女生嬉笑的聲音，其中有一個女生問道：「What is your name? Are you a gril?」
她是用非常戲謔誇張的問法，我本來想罵回去的，因爲聲音是從我頭頂上方傳來的。
我想這又是一些無聊的歧視者，算了！不想理她，因爲這種人越理她越來勁。
我快速的穿上褲子，但突然想起，我沒有跟她們打過照面啊！
那她們是怎麼知道的？還是剛剛在外面遇到的，看我落單一個人所以才跟過來？
我心裡打定主意，如果出去看到人一定要狠狠的罵她們一頓。
結果我打開洗手間的門……空的。
全部的門都是空的，我瞬間頭皮發麻心跳加速，這時我已經知道了……
當時我假裝沒事，非常鎮定的洗手，因爲嬉笑聲還在繼續。
我發誓，我絕對是用最快的速度走出去。

等我跟潔子會合後才敢大聲喘氣，我拍了潔子一下：「妳怎麼不早跟我講？」

潔子說道：「我，我想講的，但是……哎！不是說了換地方嗎？」

接著潔子看我臉色發白，大家又陪我去澳洲佛光山的分寺，求了一個平安符回去。

沒過幾天就有消息傳出，那間賭場有幾個女孩在廁所，因爲毒品吸食過量而死亡，她們是我們過去的前七天死去的。

等於我們去的那天，剛好是她們的頭七，而且我上的那間，很不巧的，就是她們走的那一間。

從此以後我再也不敢出現在那間賭場，連經過都會怕。

第三章　憤怒的筆仙

我是靈異體質，在我國小三年級時，那應該是我第一次遇到怪事吧！

那天教室外下著大雨，體育課老師讓我們自修，說他要去開會，吩咐班長管理秩序後便離開教室。

我們班幾個比較調皮的男生就起哄說要玩筆仙。

我遠遠的看見有一團灰影在那個男生阿智（化名）身邊，那時候還小，什麼都不懂，但直覺告訴我那不是好東西。

所以我就趴在桌上裝睡，沒有參與。

隱約間聽見有人說：「不動了，阿智你不要鬧。」

接著在人群中心的阿智，突然衝出來全身都是血，不知道是怎麼了，那血好像是從他頭上流出來的。

另一個男生阿勝（化名）摀著耳朵，神情痛苦的蹲在地上。

接著阿智從抽屜拿出一把剪刀，用力揮舞，大家都很害怕拼命往外衝，只有我呆呆地坐在位子上。

我很害怕，但我站不起來。

阿智自然的衝向我，那剪刀劃過我的臉龐。

我只感覺一痛，手本能的摀住，自己還沒意識到發生什麼，我們班長便拉著我的手跑向廁所（班長是女生）。

我感覺手溼溼的，一打開血流了整個手掌，班長叫罵道：「傻啊妳！還不跑。」

但當她看見我臉上的傷口時，她明顯也是被嚇到，很快的拿出手帕幫我摀住。

「先躲起來再說，等老師來找我們後再送妳去保健室。」

所以，我們班20多個女生全擠在一間廁所的各個小間內，連暗黑的儲藏室都有人躲。

所有和我在同一間的人，看見我的傷口也都嚇得尖叫，旁邊的同學一直在問：「怎麼了！怎麼了！她是不是被附身了？」

「什麼？什麼附身？」我不明所以的問道。

「妳不知道？阿智他們玩筆仙，好像惹筆仙不高興了，阿勝只說了一句『你是被附身喔！幹嘛不動』，然後就被阿智咬耳朵，好像被扯下來不少，完了！以後阿勝會不會聽不到啊？」

我有點心驚膽跳，可是不敢說出灰影的事，大家都很害怕，人心惶惶的，我怕說出來會更混亂。

沒過多久老師就來了，我也被送到保健室，所以後續發展我是聽同學講的。

據說，阿智抓狂的在操場上奔跑，隔壁班有人察覺不對，去教務處找老師，當老師趕到操場時，冒雨將阿智制伏。

對，沒錯！是制伏！

而且是三個男老師一起，一個小三的男童居然有那麼大力氣，根本就不像阿智。

同學說阿智被壓制在地上，口吐白沫，後來他的家長便來接走他。

有人說他瘋了，有人說他生病了，而老師的說法是他有躁鬱症。

總之，他從那天起便轉學了，我再也沒有看到他，也沒再看見那團灰影。

阿勝的耳朵包了一個月，大家後來都追問他，那天到底發生了什麼事？

他說，一開始玩筆仙的時候都好好的，阿智以前就玩過，所以他很懂得該怎麼請筆仙。

筆仙請上來後，大家就左一句、右一句的問問題，大概都是些考試啦，分數之類的。

只有一個女生怯怯的問道：「請問筆仙知道我阿嬤在哪裡嗎？大人都說她不在了，我好想她。」

結果筆仙不動了，阿勝以爲是阿智故意不動的，所以才不耐煩的問出那一句：「你是被附身喔！」

然後阿智才突然抓狂，撲上去撕咬阿勝的耳朵，其實阿勝自己也不知道是怎麼一回事。

更別說我了，只是現在想想那團灰影，仍心有餘悸……

第四章　穿黃襯衫的老師

大家還記不記得民國85年的時候，士林國中發生過一起命案。

我當時正好就讀於士林國中，和所有同學目睹了經過，因爲那時候我的教室就好死不死的在案發現場的隔壁教室。

那位英文老師是在早上第二節課返回辦公室，途經三樓走廊時，被一年級男學生以瑞士刀刺入胸部，鮮血直流在送醫途中死亡。

我爲什麼記得那麼清楚？因爲那位黃老師教過我英文。

那名刺死老師的男同學辯稱，當時是閉著眼睛和另外兩名同學在玩。

但其實我們都知道他刺入的力道相當大，才能造成老師瞬間噴血死亡。

那血柱是用噴的，我非常確定。

那天剛好是下課時間，走廊、樓梯很多人經過都看到了。我隱約記得那是一班的男生。

而且那男生他自己私底下說他就是故意的，只因爲老師曾經在上課的時候沒收他的東西，還罵他。

而且是瑞士刀耶！哪個正常國中生會帶刀來學校玩？

但他跟同學說只是想嚇嚇她，並不是眞的想要殺她。（這部分我沒有親耳聽見，都是同學間傳的。）

因爲當時我們都要晚自習，最後一堂的時間是差不多晚上7點左右。

但因爲要應付許許多多的大考、小考，通常有些人會留到晚上9點左右。

那天大家都心事重重，非常擔心老師的安危，那時候老師的死訊還未傳來學校。

隔壁樓梯間已經用封鎖線封起，我們導師也叫我們要從另一邊上下樓。

晚上9點，我隱約聽見樓梯間傳來皮鞋走動的聲音，喀喇、喀喇。

我覺得奇怪，因爲教室連我在內只剩下三人，而且隔壁樓梯間已經被封了，怎麼還會有聲音傳出來？

我問其他兩人：「欸！你們有聽到嗎？」

小芳（化名）：「妳是說……皮鞋聲嗎？」

我點點頭。

另一個同學小美（化名）：「怎麼可能，妳們聽錯了吧！不是封起來了。」

「會不會有人不守規矩，偷偷從那裡經過？」

小芳有些膽小：「不要管了，我們先走，太晚了，我還要趕快回家。」

小美附耳靠近牆邊：「ㄟ，越來越誇張，他還來回走耶！是在玩跳格子嗎？」

我其實心情很不好，又覺得有人不聽老師的話，在樓梯間玩鬧，很扯，便說：「我們過去看一下他是哪班的，明天告訴老師。」

小美點點頭，小芳有些躊躇，但還是勉強的點頭答應。

我們三人走到後門探頭一看：「咦～沒有人！」

但我好像有看到一個背影，穿著黃色襯衫的背影。

只是當下我沒有說出來，畢竟時間眞的太晚了，而且那時候根本不知道老師已經往生了，連害怕的感覺都沒有。

直到第二天，學校才傳來消息，說老師已經走了。

我當下才感到毛骨悚然，雖然她是一個很好的英文老師，但……

這樣的情況有一星期吧！我每天都聽到皮鞋的聲音，後來實在受不了，所以轉學了。

其實不止是我，有很多留晚自習的同學都有聽到，當時不知道爲什麼學校並未開啟輔導機制，還是我轉學了並未參與，這部分未可知。

所以我一直分不清楚那是自己的幻覺，還是眞有其事，還有那黃襯衫。

最後僅以此文獻給黃老師，希望老師的靈魂能夠安息。

第五章 異度空間的隧道

也是發生在我國中的時候，那故事發生在一位書法老師身上，她非常溫柔，只可惜兩條腿膝蓋以下都沒了，必須像小兒麻痺者一樣穿著鐵衣。

這是另一位老師傳出來的故事，眞假不得知，但讓我印象深刻。

何老師有天下班和她先生騎著鐵狼125要回家，她們回家必須經過辛亥隧道，應該說，從那裡過比較快到家。

她那時候雙腿俱全，就從背後環抱她老公，但何老師今天覺得這條隧道騎得特別慢、特別慢。

她拍拍她老公的背，想要問問是怎麼回事，但她先生轉頭喝斥她：「不要說話。」眼神驚恐、冷汗直流。

何老師非常訝異，因爲先生脾氣一向很好，從不會大聲跟她說話的。

但也沒太在意，因爲今天先生下班的確是晚了。

何老師看了眼手錶，晚上11:45，「奇怪！11點下班，平常這時候早到家了啊！」

她先生沒有回話，但依然是渾身冒著冷汗。

又過了15分鐘，何老師感覺到不對了，騎了一個小時都還在隧道裡，她的腳跟屁股都麻了。

她先生顫顫驚驚的轉頭對她說：「跳車吧！妳先跳。」

何老師拼命搖頭，不知道爲什麼她的直覺就是不能跳，跳一定會出事。

她先生沒有辦法只能繼續騎著，時間過去半小時，何老師很害怕，她已經察覺到整條隧道前後左右都沒有其他車輛。

她先生又一次催促，聲音裡帶著無盡的絕望：「跳車吧！算我求妳了。」

何老師非常爲難，但也知道他們這樣是永遠騎不出去的，她心一横、眼一閉就跳了下去。

也就是在那一瞬間，她的小腿不見了，像是被人用刀平整切割過一樣。

何老師跌落地面，閃爍的車燈左閃右躲的，立卽就有其他駕駛停下車察看。

也有人立刻報了警叫救護車，因爲對他們而言，何老師是突然出現的，就像是被人丟出來一樣，而且小腿也不見了，膝蓋以下鮮血淋漓。

何老師反應過來有其他人的出現，卻沒在周遭發現丈夫的身影，她突然意識到什麼，放聲大哭。

她顧不得自己的傷勢，哀求身邊的人幫忙她找老公，但無奈所有人都說從頭到尾只有看見她一人，就是想救也沒辦法救。

何老師很快被送往醫院，但她先生連帶著那臺野狼125，卻永遠消失在隧道裡。

老師說那很可能就是異度空間，或許何老師先生觸發了什麼條件，所以誤闖了那個空間。

我們班裡猜測，或許何老師的先生只能在隧道裡不停的騎車；也有人問，爲什麼他不跟著何老師一起跳車？也有人說他應該已經跳了，但又跑到不同的空間。

最後據說故事的老師講述，何老師偶爾會穿著鐵衣在午夜的時候刻意的走進隧道裡，她想再找找她的先生，想再一次看看他的身影。

雖然不能確定這件事的眞假，但我是確信異度空間的存在……

第六章　家裡的不速之客

民國103年，我搬家了！對於一個有著靈異體質的人來說，搬家眞的是家常便飯。

所以我家到後來全部都走極簡風，我的東西甚至兩大袋就能囊括。

最高記錄是七年搬七次家，鬧得比較兇的有兩次，其中一次是在三峽，也就是第一次。

剛開始發現不對是從家裡擺的神明桌開始，我們家請的關聖帝君突然莫名其妙的裂開，而且是從肩膀、手開始裂。

我很納悶，在搬家前早就請了師父來看風水，請神、安桌、樣樣都是照著規矩來。

那時候我剛生完小孩，兒子才剛滿月非常不好帶，幾乎晚上沒在睡覺的，當然後來我才知道，那都是有原因的。

據說，小孩子的天靈蓋沒有完全關起來，是非常容易看見「無形的」，所以那時候我也很常跑廟，收驚啊，祭改之類的。

事情發生在晚上，因爲孩子半夜常哭鬧，尪明天又要早起上班，所以我們決定暫時分房睡。

有天我迷迷糊糊之際好像感覺尪走了進來，但我實在太累，所以便背對著他。

「別鬧！我帶小孩累了一天了，哪裡還有心情。」

也不知道他是不是生氣了，突然很用力的抓了我一把，我實在很無奈，又不想吵醒小孩。

所以便拍了一下他的手，想表達我「不要」的意思，沒想到居然拍了個空，我雖然生氣但也看在小孩的分上忍了。

我不以爲意又沉沉睡去。

直到第二天，我才開始發難問尪說。

「你昨天幹嘛突然跑進來，而且還那麼大力摸我。你看！都紅腫了。」

其實隱隱還有點瘀青。

「沒有啊！妳在憨眠喔！我昨天很早就睡了耶！」

我一時心驚膽跳，回想起昨天，那好像是個工人的樣子。

我可以確定，因為仔細回想起來，尪的手沒有那麼粗糙，而且體型也沒那麼高大。

第二夜，它又來了，而且還意圖想要侵犯我，我苦苦哀求：「我剛生完小孩，你不要這樣。」

雖然它後來放棄了，但我的胸部、身上都被抓得紅腫。

根據以往的經驗，我便開始在左鄰右舍中開始打聽，果不其然，這棟社區曾經有工人當過空中飛人，還是當場斃命的那種。

那時候我老公也曾被攻擊過，他睡午覺時，突然夢見小孩的學步車飛起來向他砸去，他才被嚇醒。

沒辦法，我又請了老師過來看，有老師說那是地基主，也有老師說那是地縛靈，還有的說法是，人家本來就先在那裡的，所以我們不能趕它。

好吧！既然不能趕，那我搬！我實在不覺得都已經有實質的「觸碰」動作，還有什麼好談的？

因爲之前也碰過，就是談了一次後就一直談、談個沒完那種，只不過不是在搬家這件事上，可能只是經過某個地方，不經意的說了一句話，然後搞得我一天到晚都在拜拜。

結果就在我決定準備搬家的時候，怪事越發頻傳，門會不斷自動開啟關閉，然後我走路時會突然被東西絆倒，但我非常確定那東西原本並不在那裡。

而且身上莫名其妙的有瘀痕，加上小孩晚上總是不睡覺，經常在半夜大哭。

雖然我沒有再看過它，也不知道是不是那位「仁兄」在幫我。

但這些怪事搞得我也很想哭，甚至抱著小孩一起哭，那時候我們住在13樓，我眞的常有那種衝動，就是打開窗戶跳下去。那時候別人都說我這是產後憂鬱症，但，我知道不是。

有另一個「無形的仁兄」一直在阻擋我跳，而且在我不清醒時，很快就讓我回神，雖然回神的方法我不太喜歡，就是從頭涼到尾椎，而且連背都涼涼的。

總之，後來我火速的搬家了，卻沒想到這只是從一個坑又跳進另一個坑罷了！

第七章　異鄉魂

這次改搬到一間老公寓，我想著，這邊住的人那麼集中，雖然吵了點，但至少陽氣是旺的吧！

剛搬進來時一切安好，當然！也是有找兩個師父來好好看過，畢竟經過上次的事我都有陰影了。

左右鄰居也都很好相處，打聽清楚附近也沒有什麼兇殺案之類的。

但，後來才得知那間公寓之前有人吸毒被抓。

「我也眞的是醉了！來人啊～給我拿一手啤酒！」

沒錯！這次的主角不是在附近的，而是在隔壁另外的一條街。

也不知道這位大姐怎麼了，飄啊～飄啊～就飄到我家來，而且她自己來也就算了，我們和平相處嘛！但她偏不，又中招了！

事情是這樣的，有天晚上我在掃地時，突然有種神祕的力量抽走我的掃把。

有經驗的我耐著性子儘量恭敬道：「有怪莫怪！各位讓讓地。」

但這邊的「好兄弟」似乎特別兇。

晚上我還能在廚房隱隱看到一顆類似人頭的形影，然後小孩又開始鬧得兇，怎麼哄都不睡覺。

莫名其妙的熱水器、抽風機、電燈都會突然掉下來，還好是沒有傷到人。

接著就是突然的拉手、拉腳等，經常讓我突然失去重心跌倒，但又因爲某個「無形的仁兄」，使我並沒有眞的跌下去。

但這樣來來去去的搞得我眞的很毛躁，這時候又莫名有心絞痛的毛病，讓我非常非常的不舒服，就連吃了藥也不能緩解，而且中西醫都看過了。

結果有一位女中醫看了我大半年，發現我的病情一點起色也沒有，她便相當含蓄的問我。

「妳……信魔嗎？我是相信這世界上有病魔的，雖然有些虛幻，但妳要不要試試去廟裡祭改一下？」

我無奈嘆了口氣，又在我舅舅的介紹下找了間廟宇做處理。他們廟裡的人說我是被煞到，沖煞。然後又是例行公事，處理過後情況有好兩天。

我舅舅那時拿了一堆佛經CD來給我，讓我放來聽，說是……迴向嗎？還讓我抄《心經》。

但更恐怖的事來了，我晚上睡覺時突然聽見客廳裡的佛經響起，但明明我並沒有將CD放在DVD player，我有點害怕，這時候全身的汗毛都已豎起來了。

我起身想打開門，但門居然打不開，我左右轉、左右轉，喇叭鎖耶！居然就是打不開。

接著我大聲呼喚，不斷拍門，我老公才聽見我的求救聲，才從外面打開了門，而且，客廳裡的佛經還在繼續……

更扯的是我走過去看DVD player電源居然是關的，那……

好，它可能也知道這好樣不太對，終於停了。

本來老公說是我多想了，可能太累幻聽，因爲他們都沒聽見。

而就在這事發生後沒幾天，因爲作息關係，老公是睡在另一間房間。

有天晚上老公睡得迷迷糊糊，一睜眼，看見一個影子在窗邊望著外面。說是影子其實是一個只有外框的形體，很像鐵絲折成一個人形。

我老公嚇得從床上滾下來，然後冒著被我揍的風險來跟我擠一張床。

一直到隔天他才告訴我他發生了什麼事。

後來我實在受不了這樣的日子，便去請了大悲水，然後找了一個師姐來幫我跟她談談。

那師姐是看得到的，但不管她怎麼問，那大姐就是一直哭、一直哭，根本沒有辦法溝通。

這時另一個看得見的師兄突然說道：「她好像是外籍的，越南那邊的。」

我暈了，跪了。

後來在我不間斷的打聽下，才知道那位大姐是自己吊粽子走的（上吊），詳細原因不明，但好像跟家暴有關。

我心裡一直有疑問，她怎麼會從那麼遠的地方飄過來？師姐那時候的說法是，因爲我有在拜拜，燃香燒紙把她引來的。

（心裡OS：那，後來我還放佛經，不是嗎？……）

也就因爲這樣，我們又再度搬家，當又再發生類似的事情後，我們便決定從此再也不放神明桌。

還有，別說，眞的……噓！

第八章 金寶山

這個故事是由表弟阿成（化名）轉述，大約是民國85年的事。因爲阿成的母親在他18歲時腦癌逝去，所以那時他經常去金寶山看他媽媽。

這天他突然一時興起，想知道金寶山有沒有跟他同年卻年紀輕輕便往生的人。

結果阿成一格格的查看，還一邊唸叨著塔上的名字，後來眞的讓他找到了。

那是一對夫妻塔位，阿成看了一眼女生的名字，那三個字瞬間便印入他的腦海裡。

「啊！比我大幾個月，是姐姐啊！」

做出這些舉動當時阿成並未在意，因爲在這之前他還幹過更瘋狂的事。

他曾經因爲想媽媽，便約了三五好友來到金寶山，而且就在媽媽的塔位前講鬼故事。阿成說，不知道那時候自己的心態是想再見一次媽媽，還是單純的白目中二。

那天他們聚在一起講了很久的鬼故事，直到那邊的燈光開始變得閃爍，大家都感到空氣突然變冷後才決定離開。

所以當阿成找到那個牌位時，並沒有把「無形」的力量當一回事，還開玩笑道：「眞可惜，這麼年輕就走了。夫妻啊！該不會是車禍吧！」

結果當天晚上阿成便做了一個夢，他夢見自己睡在一間木造的屋子，那裡還有一個田字型的對外窗，也是木頭製的。

但奇怪的是，那門居然是鋼做的，阿成說那門應該有10公分那麼厚吧！

他在屋子裡聽見有人在敲門，阿成探頭看去發現好像是個男子的形影，但非常不明顯，所以他並不敢開門。

結果那男子從一開始輕輕的敲，到後來越敲越大力，大力到鋼門都變形了。

這時候阿成非常害怕，他拿出媽媽留給他護身的法器，是一枚銅錢，上面寫著五雷印，他媽媽曾經說過那是非常厲害的法器，於是他將銅錢按在大門上。

「靠杯，沒用。」

門仍是不斷的被敲打，力度還越來越大，突然阿成腦海裡浮現出那個姐姐的名字，所以他下意識便喊了出來。

「×××，救我。」

突然，一個穿著白衣的女子出現，她全身散發出很淡很淡青色的煙。

她出現後揮了揮衣袖，便把敲門的那男子帶走。

接著阿成便被驚醒，還嚇出了一身冷汗，當他打算抬手擦乾頭上的汗時，赫然發現媽媽給他的法器——那枚銅錢，便躺在自己手心。

他問了周遭的朋友，朋友紛紛猜測那男子會不會就是她的老公？但阿成並不能確定是不是他們，因爲塔位上並沒有照片，而在夢境中他也沒有看清她的臉。

阿成心知自己這次闖禍了，便帶著祭品跟冥紙又跑去金寶山，他跑去昨天那對夫妻塔位那邊，誠心誠意的道歉。

「對不起，是我太白目，請姐姐看在我年紀小的分上原諒我一次。」

接著便開始祭拜、燒紙。

當晚阿成就沒再做夢，而且還睡得異常安穩。

據阿成所說，之後他去看媽媽的時候也會特意幫姐姐多帶一份祭品、紙錢。經過此事後，阿成也學會了對待萬物都必須帶有敬畏之心。

第八章　汽車旅館

阿成當完兵後找了一份國際無線網路天線的業務，主要是幫國內外的業者裝設無線網路的天線。

那時大約是民國90年左右，桃園開了一家頗具規模的汽車旅館，業者買了無線網路天線，並要求必須每個房間、每個角落都能連上網。

阿成在中壢上班，等到了約定地點已經是晚上9點。

這家汽車旅館還在試營運，沒有多少工作人員，櫃檯也只有一個妹子。阿成和另一個業務阿志便開始裝設天線，他們尋找制高點，希望天線能夠覆蓋整家汽車旅館。當天兩人都相當疲憊了，這單算是加班了，都想著趕快搞定走人，所以便埋頭苦幹各做各的。

那間汽車旅館有三層樓，阿志在第三樓調整，阿成在地下一樓拉網路線，安裝過程非常吵雜，工具四散一地，兩個人都跑來跑去的在測試信號。

一開始電梯會經常停在二樓夾層，那算是個小倉庫。但那電梯其實是不該停在那層樓的，因爲那層樓必須刷卡才能到達。

阿志開始變得很沉默，臉色也逐漸凝重，他一直看向電梯門口的方向，後來的動作也變得相當詭異。阿志左躲右閃的，好像有人在那邊一樣。

等到所有器材都架設完畢，網路線也訊號良好，他們便開始去到各個角落測試。

結果訊號時有時無。

阿成問道：「幹！我這邊收不到訊號，媽的，你去看AP有接好嗎？」

阿志回道：「怎麼可能，媽的咧～我這邊都OK啊！」

阿成看了一眼時間，晚上11點，嘆了口氣：「幹！二小時過去了，什麼都沒弄好。」

阿志陷入沉默。

阿成點了支菸：「太晚了，明天再約AP的工程師來搞。」

阿志點點頭，但他的臉色蒼白，看起來十分不舒服。

兩人收拾工具來到停車場，那一排的棕櫚樹被大風刮的葉片搖曳生姿。阿成剛踏入停車場，就聽見有十來條野狗在吹狗螺。空氣突然一瞬間的降溫，然後開始下大雨。
阿志吞了一口口水，但沒有再敢出聲。
他們車子面對一堵民房的牆，正當阿成帶著阿志走過去時（因爲此時的阿志已經腿軟無力），牆面突然抖動了一下。
阿成頓在原地，就見牆上浮現出一團人形的黑影。
阿志再也受不了這種內心恐懼的煎熬，抱著頭大喊：「跑啊！快跑啊……」
他們也顧不得工具了，紛紛跑上車緊急發動。
來到門擋口，阿成向櫃檯的小妹咆哮著：「走啊！快讓我們走！妳也走！」
小妹被嚇到，她趕緊打開門擋並向公司回報。
誰知阿成車剛開出汽車旅館，風雨便停了。
「你剛剛……」
「噓……不要講話。」
阿志仍在急促喘息。
鈴～鈴～鈴

阿成接起手機。

「你們他媽的在幹嘛啊！XX打電話來，說你們東西沒弄好就算了，工具還亂丟一地。是怎樣，不想做了是不是！」

阿成哈出一口氣，心臟跳得極快，他回憶起在汽旅種種不對勁的地方，然後跟經理說了一遍。

手機那頭沉默了許久。

「明天，我找AP的業務跟你們一起，還有一個我認識的龍哥。」

阿志這時候才緩過神來對著手機說：「我在他們電梯夾層口，看到一個很小隻的男子蹲在那裡，記得跟龍哥說一聲。」

掛了電話，阿成驚魂未定的問道：「你既然看到了爲什麼不早跟我說，要是早知道我們應該明天再來才是，你看，大半夜的，我們居然還忘了開工拜拜這回事。」

阿志搖搖頭：「不關拜拜的事，那傢伙兇得很，我從來沒見過黑得那麼凝實的魂。」

「閉嘴，大半夜的，不要提那個字。」

兩人各自回到家中都無心睡眠了。

隔天一早，經理便帶了龍哥跟AP一起過去，阿成也來到現場，但阿志突然發燒請了一天假。

龍哥無奈的撇了嘴：「待會再跑一趟阿志家吧！應該是被沖煞到。」

剛到現場，AP還沒測試，只是把線重新接上，網路便通了。

他看了阿成一眼，搖搖頭。

「沒問題啊！你們是不是昨天太累了？」

阿成沉默沒有說話。

經理倒是賠了幾個笑臉送走了業務。

「我們去看看阿志吧！」

一到阿志家，阿志媽媽便知我們的來意，原來阿志從小就有陰陽眼，發生過類似的情形不少。

龍哥來到床邊，放了一張符貼在床頭，又用紅繩串了五枚銅錢綁在阿志腰上，嘴裡喃喃唸著咒語。

之後便跟阿志媽媽要了錫箔紙跟粗鹽，他簡易做了一個小爐架，將粗鹽放在錫箔做的小爐上燒。結果燒出來的煙都是黑色的，非常嗆鼻。

「咳！咳！」阿成咳了好幾聲，龍哥打開了窗戶，讓阿志媽媽繼續燒，等燒到變白煙那就是淨化好了。

這件事過後，對玄學有興趣的阿成，便認了龍哥爲師。

（第二部完）

第三部 靈魂金字塔

第一章 香港仔龍哥

龍哥本職是一名經絡推拿師，也就是幫人整骨的。

他會與經理熟識也是在一場普渡法會上，那時候，經理的妻子因爲憂鬱症而輕生，留下兩個小孩便跳樓走了。有一陣子經理過得痛苦萬分，要照顧尚且年幼的子女，又要上班，根本沒有時間讓他宣洩心中悲傷的情緒。

而就在那時候，家中異事頻傳，兩個孩子都會莫名其妙的對著空氣喊阿姨、喊媽媽，弄得經理不得不到處跑宮廟、辦法會去處理這些靈異事件。

也就是在其中一次的法會上，他認識了龍哥。

龍哥來自香港，原本是個風水師，但在因緣際會下走上了開解怨魂的道路。龍哥得知了經理妻子小柔的情況後，不排除她是被怨魂干擾才心生負面的想法，進而走上絕路。

小柔是獨生女，從小是爺爺奶奶帶大的，父母親都已離異並各自重組了家庭，所以跟小柔感情並不緊密。甚至可以說在爺爺奶奶過世後便沒有了來往。

小柔剛生完二胎時，就是因爲爺爺奶奶相際離世，又跟經理的爸媽又處不來（在小孩的教養上分歧相當大），所以情緒極爲沮喪。

小柔喜歡給孩子們一個規範，而這規範是必須從小便建立好的，她不管孩子聽不聽得懂，小柔只是耐心的慢慢教。

而公婆往往不是站在一旁說風涼話，就是破壞她與孩子間的信任，這便造成孩子學會陽奉陰違的雙面討好。經理又往往站在公婆那邊，覺得是小柔太敏感了，有點小題大作。

而小柔因此便經常會獨自來到山區散心。

事情發生在假日的午後，小柔提出要去郊外散心，前幾天她才跟公婆因爲教養問題弄得不開心，於是經理便同意了。

在車上經理勸慰小柔：「爸媽年紀大了，妳不用把他們的話放心上，沒什麼事的。」

小柔皺起眉頭，微微提高聲量：「沒什麼事？黃譽民，你兒子才五歲，女兒也才三歲，他們不能喝那麼多飲料、吃那麼多零食難道你不知道嗎？」

黃譽民被小柔大聲，於是口氣也差了起來：「妳到底要瘋多久？我小時候也是這樣吃過來的，也沒看我出什麼事啊！要不看在妳有產後憂鬱症的份上，老子才不讓著妳。」

小柔看向車窗外，她當下其實是想開門跳車的，但回頭看向兩個小孩時，又硬生生的忍下這口氣。

只是眼淚無聲的從臉頰滑落。

黃譽民也知道自己口氣重了，便又哄了二句：「好不容易出來玩，別提不開心的事。等下想吃什麼？我先訂位，上次妳說想買的那個包，拿我卡去刷吧！別哭了！小孩還在看呢！寶寶都在笑妳了，哈哈哈！媽媽這麼大了還在哭，羞羞臉！」

小柔望向一臉無辜的寶寶，沒多久便破涕爲笑。

等到了山谷邊，他們一家就在森林步道的吊橋前坐了下來。

「啊～好舒服的芬多精啊！」

黃譽民逗弄著嬰兒車上的寶寶，小柔抱著兒子走向步道。

突然！兒子哭著跑了回來：「媽媽！媽媽掉下去了，嗚嗚嗚嗚……媽媽！」

他被兒子一聲聲淒厲的喊叫給嚇到了，黃譽民簡直不敢相信這是眞的。

一旁有遊客幫忙報了警，黃譽民等著警方來到後，才將孩子慢慢安撫下來。

只是哄騙孩子媽媽沒事的話，他是怎麼也說不出口。

沒過多久救護車也來了，因爲底下的河床很淺，所以很快便將小柔帶了上來，不過，她很明顯已沒了生命跡象。

救護車來了又走，最終換了臺黑車來接引。

第二章　山區怨靈

龍哥在得知此事後便來到那山區的步道前，他先是查看風水，發現步道下方有一個陷下去的窪地。

他小心的爬下去，拿起一撮泥土，龍哥聞了聞這土腥味，又看向水流走勢。喃喃道：「有灘死水，容易聚集怨靈，不太好辦啊！」

龍哥又走向附近的民宅，結果發現那邊都是荒廢的房子，他只能查詢當地里長的聯絡資訊。

很快龍哥便和里長約在辦事處見面，顯然，里長也遇上了不少若有似無的靈異事件，竟沒有懷疑龍哥風水師的身分。

里長是一個矮胖的中年男子，他拿著手巾擦了擦滿頭的汗。

「不好意思啊！前陣子的事，里民們都吵著呢！我忙著聯絡請些法師、高僧處理法事。陳先生有何高見？」

龍哥遞上名片，嘴上叼著菸：「我想問問那條河是怎麼回事？我在那裡看到不少怨靈。別說你不知道，里長是當地人吧！看那條河積的死水，怨氣都快化做實質的催魂潭了，要說你不知道，不至於的吧！」

里長板了張臉：「風水師？陳先生，看風水就好好看風水，我不清楚是誰把你請來的，但請管好自己的嘴，別亂說話。」

龍哥拿出一枚通寶銅幣，在手指間不斷翻滾轉動。

「溫招弟是你的誰？」

里長頓了一下，歪著頭：「你看得到我阿姐？」

龍哥面容嚴肅的點點頭：「她才是應該被超渡的魂，她在那裡吸引了多少怨靈靠近，你知道嗎？現在還吸引無辜婦人到那裡自殺，她犯了什麼錯，要被你們整個家族厭棄？」

溫永昌閉上雙眼，似是在回想。

「那時候我還小，家裡大人都在忙，都是阿姐照顧我的。村裡來了一個當兵的日本人，他是受了傷暫時被安置在村子裡養病的。阿姐常被打發去給他送飯，結果，那時候我只知道阿姐不乾淨了，被村裡的大人浸豬籠。那個日本兵卻沒有人敢苛責他，而且那時候他也已經跑了，之後，阿姐被淹死在那條河裡。」

龍哥扭動著脖子：「不止吧！如果是她做錯事被淹死，不會佈那麼多法器去鎮壓她。」

溫永昌痛苦的低下頭：「阿姐那時候懷孕了，那日本兵不是逃跑，是跑回部隊去做回報，他是眞心要娶阿姐的。」

龍哥又問：「可是溫招弟沒有等到他，她絕望了！你們做了什麼？」

「那日本兵來了以後，知道阿姐被村民處了私刑後非常生氣，因爲阿姐已經懷孕了。他拿著刀槍殺了不少村裡的青壯，我父母也被村裡人隱隱排斥，一直到我讀書考上五專後才有比較好。有些孩子被日本兵殺了的家庭，他們請了些不入流的師公將阿姐封印起來。說是怕她怨氣深重爬出來害人。」

龍哥不屑的嗤笑一聲：「那些人是心裡有鬼吧？你知道那些封印已經鬆動很久，而且還招了更多怨靈靠近嗎？」

溫永昌點點頭：「那些村民感覺到了，阿姐每晚都進他們夢裡鬧。有人跟我說，他夢見阿姐拿磚頭在追殺他，而且在夢裡還被砸的頭破血流。在他醒來後，額角還莫名的流血瘀青。」

龍哥抿緊雙唇：「她說她跟他們講過，說鈴木會回來娶她，而且她已經懷孕了，是不是？但那些人仍然爲了面子決定將她浸豬籠，好像她的命不是命，還說她肚子裡的孩子是雜種。他們害死她後不但不懺悔，還請人作法想害得她永遠的困在那死水潭，永世不得超生。這是多大的仇、多深的怨？」

溫永昌悻悻然道：「是施家，一定是，他們家大兒子本來想娶阿姐的，但阿姐不喜歡他。」

第三章 化解超生

龍哥搖搖頭：「現在說這些都沒用了，告訴姓施的，要想活命就幫妳阿姐手抄一千遍《心經》吧！我明天正午會在死水潭那裡做法超渡她，醜話說在先，我不確定溫招弟聽不聽我勸，如果她不想談，也不願意離開，那等她衝破封印的時候，也就是她來跟那些人討債的時候。所以不要心存僥倖，我不是萬能的，也不是非要蹚這混水。」

這時突然有人衝了進來：「大師、大師，你就不能幫忙加固封印嗎？要多少錢我都給你，不，我所有的錢都給你，土地也給你，我是這片土地的地主。」來人緊抓著龍哥不放，眼神驚恐、神情慌張。

溫永昌介紹道：「陳先生，這就是施裕民施先生了。」

龍哥不屑的瞥了施裕民一眼：「現在知道怕了，早幹嘛去？我是人，不是神，你以爲過了20年溫招弟還是當初那個孤魂嗎？你也把事情想得太單純，我要是你，現在最好想想該怎麼懺悔求得她的原諒。喔！還有，發動你所有認識的人開始手抄《心經》吧！期限是明天中午，別跟我討價還價，你的債主不是我。」

龍哥該說的說完，便獨自來到古玩街，他要在此挑些有靈氣的小法器。以較科學的角度來說，就是古玩物中有些稀有礦石，裡面含有能影響磁場的東西，在龍哥便稱之爲法器。

至於如何辨別這些法器，說來也玄，龍哥天生就有觀氣的本事，照他的講法便是，萬物有靈便有氣，所以對他來說任何事物都只有強弱之分。不好的氣要將其淡化，除了這怨氣本身消散外，也可以用其他五行之氣使之平衡。

當然這也只能大概的論述，要是遇到像溫招弟這樣，已經可以用怨氣來吸引跟祂一樣的靈體，或是用怨氣影響人的心智，這樣的怨靈就很難以一般情況而論。

這也是爲什麼龍哥要施裕民懺悔、手抄《心經》的原因了，只要施裕民夠誠心，才有打動溫招弟的可能。

隔天早上9點，龍哥帶著挑來的法器來到死水潭。施裕民跟溫永昌已經等在那邊了，溫永昌拿出一籃子姐姐愛吃的糕餅點心，一邊心疼的掉淚。

這些年他都是偷偷祭拜著阿姐，直到今天他才能光明正大的當著衆人的面祭祀溫招弟。

施裕民則是縮在一旁，他的手指都已經寫到抽筋了，想想自己都是當阿公輩的人，居然還要拜託孫子幫自己抄《心經》，而且還被他嘲笑。

「阿公那麼老了還會被老師罰，羞羞鬼！」

但這麼全家動員緊趕慢趕的，終於是抄了一千遍《心經》出來。這麼久遠的醜事被翻出，連兒媳看他的眼神都變得異常奇怪。

正午時分一到，龍哥上疏文請神靈做見證，便開始請溫招弟的魂魄出來。他們溝通許久，在龍哥苦口婆心的勸誡之下，溫招弟才勉強放下執念，回歸靈魂本該踏上的輪迴路。

再來就是小柔的魂魄了，她放不下一雙尚且年幼的兒女，但龍哥也跟她說明了，她的現身對孩子來說是不好的，他們長大以後容易想法負面，小柔這才跟著龍哥回到自己的骨灰罈等待超渡輪迴。

第四章　死水潭

龍哥帶著黃譽民來到小柔出事的山谷間，他嘴裡喃喃唸著法咒，正準備替小柔做超渡法事，而黃譽民卻不自覺神情恍惚起來，好像回到那一天……

小柔從小便是孤女，所以非常渴望建立一個屬於自己的家。可黃譽民卻是家中獨子，一直都備受父母寵愛，自然不會離開原生家庭出去外面住。

小柔或許是產後憂鬱症吧！在生完第二胎後總是有些患得患失，對於小孩子的教養、公婆的處處干預……，這些對小柔來說都是無形的壓力。

也因此，小柔便經常來到山區的熱門景點散心，她最喜歡的就是森林步道。有天她又和公婆鬧得不開心，黃經理見狀便主動開口說要帶她去散心。

車上黃譽民隨口勸了二句：「我爸媽年紀都那麼大了，別跟他們計較。小孩嘛！沒妳想得那麼脆弱。」

小柔皺起眉頭：「大寶才三歲，小寶連一歲都不到，你媽居然餵他們那麼甜的飲料。晚上不睡覺是誰在顧，還不就是我？」

黃譽民有些尷尬，因爲要上班的關係他不能在半夜幫老婆分擔，所以從小寶出生後他們便是分房睡的。

「哎！垃圾吃垃圾大嘛！我也是這樣長大的啊！還不是過得好好的？」

小柔無聲的流下眼淚，或許連她都不知道自己爲什麼哭，小柔心裡有一股衝動，她想打開門跳車，離開這個空間。

大寶還在牙牙學語的階段，看見親愛的媽咪在哭，也跟著哭了起來。

黃譽民無奈的嘆了口氣：「等我們下山再帶妳去吃飯，位子我都訂好了。妳上次不是看中一個包嗎？等會兒我們順便把它買下來，別哭了，小寶會笑話妳的。」

小柔看向窗外仍是默默的流著淚，黃譽民見狀又耐心哄了一陣子，最後小柔才破涕爲笑。

黃譽民對此也很無奈，小柔總是陰晴不定的，有時候可以自己一個人躺在床上一整天不吃飯、不洗澡什麼都不做。

對此，自己老媽也是頗有微言。

「騙人沒生過孩子啊！就她金貴，早上都爬不起來？晚上顧那幾個小時就在那要死要活，我早就說了！娶樓上那個王小姐不就好了，不像她，整天那麼多事。」

停好車一家人來到步道，黃譽民幫忙將大寶、小寶一一放進雙座的嬰兒車中，而當他又再回頭時，小柔卻突然消失了。

接著從他的耳裡傳來一記破空聲，然後是附近遊客的尖叫。就當黃譽民要往前查看情況時，他又聽見引魂鈴響，他用力睜大了雙眼，竟發現自己僅差一步，就將踏空掉入山谷之中。黃譽民瞬間嚇出一身冷汗！

龍哥用力的拍著他胸口：「回神。」

原來黃譽民不知剛剛怎麼的，人便陷入魔怔。龍哥法事做到一半發現了黃譽民的異狀，要是再晚半步，怕是該超渡的冤魂又要再加一條！

龍哥詢問黃譽民剛剛的幻歷後也覺得奇怪，明明溫招弟和小柔都被送走了，怎麼這塊地仍是這麼邪門？

而且附近的招煞風水局已破，照理來說不會這樣。

而龍哥特意在死水潭待到晚上，這才又發現，怨靈雖然已經走了，但留下的執念仍舊退散不去。這已經不是一兩場法事就能化解的。

於是龍哥想起了師門流傳下來的鍛器寶典，「正好最近師兄也在打聽法器製作的材料。」龍哥若有所思的望著看似平平無奇的山谷，心中暗暗下了一個決定。

二個月後，黃譽民再度來電。

「龍哥，我公司的下屬遇上事了，可能也是跟另一個世界有關的。聽他們說兇的很，黑的都快顯現出實形了。」

第五章　汽旅怨靈

這次龍哥受黃譽民相邀來到汽車旅館，他一眼便知這是個爲情所困的男怨靈，而且脾氣相當差，龍哥擔心這場談判怕是很難與對方和談了。

他先是去了阿志家，簡單幫阿志處理一些沖煞的穢氣，又開始調查這間汽車旅館的前身。

龍哥找了認識的資深記者幫他調資料，沒想到那記者沒挖出汽旅的黑料，反而挖出汽旅隔壁民宅的一齣情殺案。

王宗翰是個退伍軍人，當兵前五年和妻子聚少離多，一直到他退伍後才算得上與妻子有實質的生活相處。兩夫妻過日子難免磕磕碰碰，王宗翰雖然很疼惜妻子，但也架不住妻子成天的鬧。

你說鬧什麼？當然是鬧錢啊！

他們有一個小孩，一直是王宗翰的父母在帶，直到王宗翰退伍、小男孩三歲上幼兒園時才帶回來身邊。偏偏王宗翰的妻子林愛珍是個貪圖享樂的人，丈夫退伍後一下緊縮了她的金援，又把孩子帶回來給她照顧，這讓林愛珍心裡十分不滿。

於是她便常常趁著小孩上課時，約著一些網友出來玩，林愛珍隱瞞自己已婚的事實，到處跟人家出去吃飯、唱歌，且從未付過帳。

如果對方有微詞，林愛珍便會發嗲的撒嬌，還會靠在僅見過一面的男人身上磨蹭。嚐到甜頭後，那些男人也不會再跟她計較。

但她有時會玩到忘記接孩子的時間，老師便會打電話通知王宗翰。

王宗翰剛轉業，和社會的銜接還在磨合，而他的求職路其實並不順遂。最後還是靠著之前當兵的學長介紹，才找到一份保全的工作。

可林愛珍的貪玩使他三天兩頭的請假，這點讓介紹他進來的學長也頗有微詞。

「宗翰啊！你老婆這樣不行啊！改天跟她好好談談吧！輪夜班還要接送小孩，你這樣身體吃得消嗎？」

王宗翰不好意思的撓撓頭：「我知道了！學長，不好意思給你惹麻煩。」

「沒有！不會，只是你老婆實在有點不像話。那天……哎！我就說了吧！以前那個小張你知道嗎？他在網上找了個妹子，前天我不是休息嗎！我就跟著他去見網友。呃……那個網友的名字就叫林愛珍。宗翰啊！我不是想害你們夫妻吵架，可是你這麼拼命的在過日子，她卻每天打扮的花枝招展的出去浪，這可真說不過去。」

王宗翰聽得臉色一下青一下白，最後還得尷尬的跟學長道謝，心裡真是百感交集。

他悻悻然回到家後，搖醒濃妝豔抹還渾身酒氣的妻子。

「愛珍，愛珍，妳醒醒，我有事要問妳。」

「幹嘛啊！七早八早的。」

「妳是不是都約些亂七八糟的人出去玩了。」

林愛珍這才爬起身來嘲諷笑道：「喔！是怎樣，現在想來管我了？王宗翰，我愛玩又不是一天兩天的事。你娶我前就知道我愛玩，而且也知道我不可能爲了你戒菸、戒酒。你說退伍就退伍，也沒和我商量過，現在家裡沒錢了，我找朋友供我玩樂有什麼不對？我這是替你省錢耶！」說完還叼著一根菸去了廁所。

兒子小南捂著鼻子哭鬧著：「爸爸，好臭，我要找奶奶，我要奶奶……嗚嗚嗚嗚嗚。」

王宗翰抱著兒子哄，沒辦法，他只能帶著小南回父母家，又轉學到附近幼兒園，拜託父母再幫他顧到國小。接著回到家想繼續跟妻子溝通，不料妻子早已出了門。王宗翰無奈的睡去，畢竟晚上還要值夜班。

林愛珍對兒子小南一向是不管不問的，她本來也就不想生，都是王宗翰父母逼她，要她在生孩子跟找工作中間做一個選擇，那林愛珍當然選生孩子囉！畢竟被伺候跟伺候人，那當然要選被伺候的那一個，這事她可清楚的很。

第六章　毒殺親夫

晚上林愛珍又跑出去浪蕩了，這次約的是一個保險經紀人，她因爲王宗翰給的家用越來越少，最終還是下海做了應召。

汽車旅館內，林愛珍剛洗完澡，她打開電視翻著歌本，看來是打算唱起來了。成彥從冰箱拿出一罐啤酒，他打開來喝了一口便遞給林愛珍。

「我待會兒要去上班啦！約了個客戶，妳乖乖待在這裡不要出去了，外面那麼熱。」說完從口袋拿出三千元給林愛珍。「這邊房錢我都付清了，冰箱裡還有啤酒跟泡麵。」

林愛珍收過錢嬌媚一笑：「呦~今天怎麼對我這麼好？你發啦！」

成彥刮了下林愛珍的鼻子：「我這個顧客加保了一大筆錢，她老公……呵呵！」

「幹嘛呢！話說一半。」

「她打算，慢慢讓她老公自然死去。」

林愛珍睜大了眼：「什麼意思，她要謀殺嗎？」

成彥點了枝菸：「別胡說，她可是專業的護理師，想殺人哪還用的上刀。」

林愛珍來了興致，拖著成彥的手撒嬌道：「說嘛！她怎麼做的。」

「問那麼多幹嘛？人家是有一千萬的壽險金可以拿，妳有嗎？沒有問那麼多。」

林愛珍一聽眼睛都瞇了起來：「一千萬啊！」

成彥看了眼時間，沒有再理會林愛珍，像這種女人，路上一抓一大把，自己也是一時興起才會找她出來玩玩。

這時林愛珍也沒有心情玩樂了，她離開汽車旅館來到網咖。

搜尋「下毒」。

她用舌頭頂了頂後槽牙，開心的笑了起來。

之後她去花店買了一株夾竹桃，然後聯絡了王宗翰的保險經紀人加保。

從那天過後，林愛珍每天都待在家裡，對王宗翰也是噓寒問暖，還每天都幫他泡一杯熱奶茶。

王宗翰很是高興，以爲是妻子終於想通，願意好好的經營家庭。於是他還暗搓搓的計劃著要將小南帶回來。

這天，王母便帶著小南回家，想著兒子說媳婦已經改好了，她便趁機回去看看。而且聽說最近王宗翰總覺得胸悶心痛，王母也想敲打敲打林愛珍，讓她多注意王宗翰的身體健康。

本來林愛珍是很不耐煩的，但想到之後的保險金，總不能跟兩個老的處太壞，不然到時他們不肯簽放棄繼承，錢還得分給他們一半。

林愛珍想到這便堆起了笑臉：「媽，你怎麼帶小南來了，累不累？這陣子眞是麻煩你了。」

王母很是高興，這愛珍嫁進來啊，可從來沒對自己那麼笑過，看來是眞改好了。

「我不累，還做得動。倒是宗翰啊，最近常喊胸悶心痛，愛珍，妳可要多注意啊！」

林愛珍聽了心一驚，但表面上仍是十分鎭定：「好，我知道了，媽。」心裡卻想著，不能讓宗翰去看醫生，要加快動作了。

林愛珍送走婆婆後便在今天的晚餐苦瓜排骨湯裡加大了劑量，還在熱奶茶裡也滴進不少的夾竹桃汁液。

當天晚上，王宗翰痛得倒在地，苦苦哀求林愛珍幫他叫救護車。

誰知林愛珍只冷冷的看著王宗翰：「親愛的，你還是乖乖的去死比較好，你不是說要一輩子對我好嗎？現在你去死，就是對我好。」

第七章 只能安撫的黑靈

一直到王宗翰斷氣後林愛珍才報了救護車，但一切都已還不及。

雖然後面警方查出事情的真相，林愛珍也因此伏法，但王宗翰的怨氣卻沒有絲毫消減。

龍哥在了解事情始末後，便來到汽車旅館準備做法招魂。

子夜時分，一陣狂風大作，從民宅牆面中浮現出黑霧般的人影。

龍哥拿起一片葉子向祂飄去，只見那葉子幻化成一張椅，王宗翰便緩緩飄過去浮在椅子上。

「啊～」他發出舒服的慰嘆。

龍哥又取了露水跟香煙放在神壇前，才開口道。

「王大哥，你老待在這也不是辦法，怎麼不去投胎呢！」

王宗翰身上的黑霧突然暴漲：「我要看小南長大，還要看那女人不得好死。」

龍哥其實是看不見祂的五官表情的，但就是覺得王宗翰此時非常生氣。

龍哥急忙安撫：「別、別、別，我只是問問而已，那……你有什麼要求嗎？就是別嚇到這些客人了！」

王宗翰冷哼一聲：「會來這裡的也不是什麼好人。」

龍哥繼續安撫：「那這樣好不好，我讓他們初二、十六給你一場供奉，讓他們把你當地基主拜，你能不惹事嗎？」

王宗翰想了想：「也行，但叫他們別太吵，施工連聲招呼都不打，沒規矩。」

龍哥連連做揖這才送走了王宗翰。

阿成悻悻然道：「師父，你怎麼對祂那麼客氣，幹嘛不收了祂？」

龍哥手握拳，食指曲起一個小勾，就這麼敲在阿成頭上。

「你傻啊！祂的氣是什麼氣，黑氣的，魂還那麼凝實，收收收，你拿什麼收？還不東西拿拿滾蛋。」

離開之後龍哥還是仔細跟阿成解釋了。

鬼的氣體是有分的，灰色是一般最常見的，就跟白色的一樣，比較無害。

青綠色的呢！就具有攻擊性了，但一般來說你別惹祂，祂是不會主動攻擊你的。

藍色的呢！就比較特殊，祂們生前被暴力對待過，但靈魂很善良，如果祂們遇上跟自己生前一樣遭遇的人，就會散發藍光安撫那些受傷的心靈，簡單來說，就像精靈吧！

那黑色，有非常危險的攻擊性，甚至可以化爲實質的存在，有些貓貓狗狗的都能感受到祂們的存在。

還有就是紅色，這種魂魄跟黑色差不多，但也跟藍色差不多。祂們生前是被欺負的，死後怨氣衝天，爲了不再被別人欺負，祂們會主動攻擊別人，這種非常難搞，因爲祂們還有一點神經質，意志也不是那麼清醒。

阿成聽完恍然大悟道：「喔！所以師父才用安撫的，賄賂祂嗎？」

龍哥沒好氣的看著阿成：「不然怎麼辦？有本事你收啊！」

阿成悄悄的又問：「師父，那如果祂不接受你的安撫呢？那到時候又該怎麼辦？」

龍哥叼起一根菸：「還能怎麼辦，耗唄！你就求祂，求到祂煩了，祂就會同意了。」

阿成又問：「如果祂更生氣了呢？要是翻臉的話，我們該怎麼辦？」

龍哥瞪了阿成一眼：「到時候再說，問那麼多，咒術背好了沒？」

第八章　阿成的念想

這天阿成又趁上班空檔時偷偷背誦龍哥交待的「功課」，而黃譽民對此也是睜隻眼、閉隻眼的假裝沒看到。

畢竟誰也無法保證自己一輩子都能順風順水的，橫豎現在也沒有安裝案子。

阿成一邊背一邊忍不住的胡思亂想起來。

要說臺灣現在對待怨靈的方法不是談、就是滅，實在太極端了，難道就沒有兩全之法嗎？

他又想到曾梅的請託，喃喃道：「日本的怨靈啊！還牽扯到式神，的確是不可能滅，但要安撫，怕是也難吧！那這樣惠梨佳不就是一輩子都要待在瘋人院？」

說到惠梨佳的案子就要提到龍哥的師兄——張天師。

張天師那時對於美和子可是束手無策，一是人家在日本，但也好在是在日本。

二是她的確是苦主，就像我們這邊所說的，她拿著黑令旗要跟妳討，那是天理循環報應不爽啊！

可你要說惠梨佳有錯，畢竟那也是前世的事了，而且麻里亞也被剖腹殺子了，不是嗎？

再說金行家也確是斷子絕孫，唯一留下來的也是千鶴的血脈，也都是生而爲女，從未誕下男嬰過。

難道，這還不夠嗎？

阿成是有些可憐惠梨佳的，不僅僅是因爲她長得漂亮，還有一部分是因爲瘋人院的護理師——曾梅。

曾梅從小便有靈異體質，大大小小的靈異事件都與她有些瓜葛在，再加上她無意間還被精靈糾纏，雖然沒多大惡意，但畢竟人那什麼殊途嘛！

而且曾梅也早已結婚生子，總那麼耗著……對大家都不好，而且阿成是挺想幫曾梅擺脫這樣的體質。

只是龍哥知曉後，用他那蒲扇大的巴掌巴下去阿成的頭。

「哼，你以為你是誰？救世主啊！靈異體質是天生的，你幫得了一時，幫不了她一輩子。最多讓她能有個防身的法器傍身就是。再說了！我覺得有那個精靈守護她也不錯啊！幹嘛老往壞處想。」

黃譽民敲了敲阿成的桌面：「ㄟ，幹活了！和阿志跑一趟F國，那邊有個交流展邀請我們過去。」

阿志抬起頭：「F國？哪裡啊？不要又是雞不生蛋、鳥不拉屎的鄉下地方。」

黃譽民哧笑一聲：「要是大都市那還輪得到我們嗎？別廢話，下星期出差。」

黃譽民頓了一下又道：「喔！這次龍哥也會跟著去，不過跟你們不同路，他是被請去看風水的。」

阿成忍俊不住的笑道：「什麼？老外也信風水，他們不是只會哈利路亞，阿們！什麼的嗎？」

黃譽民忍無可忍，拿起手邊的雜誌捲起棒子就往阿成的頭打去。

「笑什麼笑！小王八蛋！嘴巴放乾淨一點，整天口無遮攔的，哪天要真出了事就壞在你這張嘴。」

阿成吃痛的揉著頭頂，不禁抱怨道：「學長，你也太兇了！打得人好痛啊！」

阿志在一旁捂嘴偷笑。

黃譽民瞪了阿志一眼：「還有你啊！護身符、平安符多掛一點在身上，別說我沒提醒你們，那個小鎮有點邪門。」

阿成面露難色：「邪門還叫我們去……」

黃譽民聳聳肩擺手道：「公司部門就我們三人，你們不去難道我去？我家裡還有兩小呢！再說了！不是還有龍哥在，怕什麼？」

阿成撇撇嘴，很想說，就算龍哥在也只能跟人家談判，但那個人家還是個「外國飄」，能不能聽懂還是個問題呢！

第八章　F國和燃燈佛

龍哥和阿成、阿志相約在機場，然後再一起飛F國。

阿成候機候得有點無聊，問龍哥道：「師父你會說外語嗎？」

龍哥頓時整根尾巴都翹起來了，他24歲時跟著師兄來臺灣，在那之前香港都是雙語教育居多，就是學校不教，父母想方設法也會讓你去外面補習，怎麼也能跟老外說上幾句。

龍哥今年26歲了，雖然比起張天師來說小了整整10歲，但功力倒也沒差多少，套句他們師父的話來講，這行也算是吃天分飯。你要沒那天資，哪怕智商再高也是只能勘勘摸到入門；反之，你要是註定吃這行飯，就是什麼都不懂，老天也會幫你的。

「呵！外語而已，小意思。」

龍哥的國字臉配上濃眉大眼，再加上高大的身材，一身浩然正氣。眞別說，還能唬上不少人。

這不，阿成當初就是這麼稀里糊塗的拜龍哥爲師，明明兩人差沒幾歲。

阿成翻了個白眼：「那就好，不然到時候還要幫您老人家找翻譯。」

龍哥勾著阿成的脖頸：「小混蛋，胡說什麼呢！」

阿志在一旁竊笑：「好了、好了，馬上登機了。」

龍哥這才放開不停咳咳的阿成。

阿志靠了過去：「沒事你老找麻煩幹嘛？」

阿成摸了摸喉結：「沒幹嘛！我無聊啊！」

三人到達F國時已經是當地時間晚上7點，他們自己搭車來到預定的飯店，明天一早自有塵蘭小村的人會來接洽。

黃譽民爲了安全（大誤，是爲了省錢），所以只訂了一間三人房，也就是一張雙人床、一張單人床。

龍哥看了一眼房號1303，便先在外頭敲了敲門：「1303的好兄弟，我們只是過路客，在這邊借住一晚，有怪莫怪啊！」

龍哥最後一聲「啊」的腔調十分怪異，有點像戲腔。

阿成好奇的摸過去問了下：「師父，你最後那一聲……？」

龍哥雙手合十拜了拜：「那是提醒。」

之後走進房，拿出了聖曼陀羅的圖紙，他對四房角落又拜了拜，接著恭敬的拿出錫箔小金爐，在裡面化了圖紙。

龍哥解釋道：「這是給無形衆生的過路費，保我們相安無事的。」

阿成和阿志點點頭，兩人輪流去洗漱後便早早就寢了，龍哥則是拿出一本道書仔細鑽研，他坐在單人床上半靠著牆，回想起師父曾經和他說過的法器。

師父說那法器能淨化靈魂，不論是人或魂，當然，對怨魂的作用會更大。

只是那材料不是那麼好尋的，製作過程也需要1100℃以上的高溫製成模組。

龍哥曾經看師父畫過設計圖，那是一個類似金字塔的法器，最底部是太陽圖騰。

師父說了，這金字塔的三面分別爲上古燃燈佛，又稱定光如來。但這佛像可不是爛大街的那種印刷品，而是要有大師開過光的那一種。

傳言說，有一幅燃燈佛的畫像流傳到了F國，那是這塵蘭小村在戰亂時買下來鎮壓怨靈的。據說那怨靈曾經也是一代高僧，只因犯了戒律所以被懲罰，詳細的原因書籍上並沒有紀載。

龍哥這次來到塵蘭小村也是爲了碰碰運氣，他心裡打定主意，若是能尋到那張佛像，他便繼承師父的遺志，將金字塔造出來。若是尋不了佛像，也可幫人家看好風水，龍哥暗自想著，或許就是那被鎮壓的妖僧在做怪。

第十章　塵蘭村的教堂

隔天早上9點，塵蘭村的村民便來到飯店，村長凱德和村長的兒子庫克態度相當友善，顛覆了阿成對F國人的看法。

在阿成印象中，F國人懶惰、愛抱怨、高傲又自私，但這些性格特質，完全跟面前這兩人沒有絲毫連結。

或許是感到徒弟的訝異，龍哥小小聲的用中文說道：「傻啊你！他們有求於你當然客氣啦！別那麼沒見過世面的樣子，小家子氣的。你他媽的，給我像男人一點。」

阿成挑了眉，低頭看了看自己，183公分的身高，80公斤的身材，自己不像男人難道像娘們兒？暗自嘟囔道：「誰家娘們兒這麼壯實，要眞那麼大隻還嫁的出去嗎？」

龍哥瞪了阿成一眼：「不說話你會死是吧？」

庫克親切的幫他們提領行李，凱德則是在前方帶路，這次沾龍哥的福，他們都能跟著蹭吃蹭住。

坐了快四小時的車，龍哥他們一行人才到達塵蘭村，小村周圍廣闊的田野綠意盎然，如絲綢般柔軟，讓人心情爲之舒暢。

蜿蜒的小徑穿過田野，自然地引導著人們的目光來欣賞這片美景。

成群結隊的牛群悠閒地吃著青草，牛鈴聲爲整個田園增添了一抹歡快的節奏。

村莊中，古老的石磚房屋沒有被現代的風格所侵蝕，保留了自己的原汁原味。這些房屋被粉刷成溫暖的橘黃顏色，窗花透著歷史的厚重感。窗戶上還掛著花花綠綠的花籃，細心的居民爲這片土地增添了許多活潑生氣。

在村莊的中心廣場上，一座寧靜的小教堂矗立著。教堂的尖頂映著藍天，靜靜地注視著村民們的生活。低沉的鐘聲時不時的響起，讓人心境平靜。

龍哥端詳了一下周遭的風水，大致上沒有什麼問題，所以他轉向凱德：「風水很好，沒有問題。」

庫克可能是怕龍哥撒手不幹吧！連忙答道：「不是這裡，不是這裡，在後面。」

龍哥挑著眉：「後面？」

庫克邊走邊回道：「在教堂後面，那是以前苦行僧修行的地方。」

凱德尷尬的笑道：「是啊！張大師，在後面的小房子，那也是懺悔室。」

龍哥板了一張臉平靜道：「我姓陳，張大師是我師兄，如果你們要找……」

「不不不，陳先生誤會了。是我父親弄錯了，你們中國人的姓太像了，請原諒我們的無禮。」

龍哥傲嬌的微微抬起頭，很輕很輕的哼了一聲。

只有站在他身旁的阿成有聽見，阿成也翹起一邊的嘴角，同樣傲嬌的哼了一聲。

只有阿志在一旁不明所以，拿起相機瘋狂拍起照來，他想等明後兩天弄好網路就將相片傳送上自己的社群，難得用公費出差，這一趟來的還是F國，當然要多拍些照片回去。

庫克一家先安排了中餐，因爲要趕路的關係龍哥他們都還沒有吃早餐，主要也是怕暈車難過，還不如不吃。

庫克的妻子是個亞裔，這下大家總算知道他們爲什麼沒有找驅魔人，而是找龍哥他們了。

據他妻子丹妮的說法，這個小村從好久好久以前就有娶亞裔的習俗，好像是他們覺得亞裔的妻子會給他們帶來好運。

丹妮準備了簡單的麵包還有燻肉片，桌上還有生菜沙拉、南瓜濃湯，不是非常豐盛但也能吃飽。

丹妮說要將烤雞跟辣醬牛肉丸準備到晚上，所以中午便簡單的吃一點，畢竟待會兒還要爬上小山坡。

第十一章 懺悔室的惡靈

用完餐休息沒多久，庫克便催促要去教堂後邊的懺悔室看風水，而阿成他們也要開始架設天線，這塵蘭村最高的地方也就是教堂那邊的地了，所以他們也準備一起前行。

丹妮輕輕的皺起眉頭，面露擔憂：「你們要快點，不行明天再做吧！太陽下山後就危險了。」

龍哥疑惑道：「危險？」

庫克連忙拉著妻子：「陳大師別聽她一個女人瞎操心，哪有什麼危險，就是路難走了一點。」

龍哥拉開庫克，抬了抬下巴示意丹妮繼續說道。

丹妮看了看丈夫，又看了看龍哥，支支吾吾道：「是……是我亂說的，沒有危險。」

阿成當然不信啦！

「你們不說出來，如果是隻怨靈厲鬼什麼的，我們沒有準備那就只能抱在一起死了。」

說完還拿出龍哥的金錢劍和其他法器顯擺，而媽媽留給他的五雷銅幣也被他悄悄拿起掛在脖頸上。

有了上次的經驗，阿成便將媽媽留給他的法器掛在項鍊上，隨身攜帶，只是平常他都是放在衣服裡面的，不常拿出來。

丹妮放下手上的桿麵棍，抹了抹眼角的淚說道。

這裡有著一個古老的傳說，曾經有一個苦行僧遊歷到塵蘭村，他是個白子，從小就接受到大家歧視的目光。

他借住在懺悔室，並每天都會到溪流遍踏尖石、還會幫助每家每戶挑水、擔柴。

這時候阿薩里多家的小女兒麗莎，對他非常有好感。因爲在他父親病重死後，就沒有人再對她們家那麼好了，麗莎也因此會多做晚飯。

那個苦行僧叫薩羅，他一開始是拒絕的，因爲苦行僧一天只能吃一餐。但麗莎是個單純美麗的少女，她不懂得什麼叫苦行僧，只以爲薩羅是像牧師之類的神教人員。

於是這場歧戀就此展開。

薩羅不是自願要當苦行僧的，只因爲他的父母以爲他是被撒旦詛咒，才會全身上下都是白的，他們將其視作不祥。

直到有一東方僧人說薩羅可以作爲苦行僧修練，償還他上輩子犯下的罪孽並且爲家人祈福，所以薩羅才會一邊遊歷一邊修行。

會來到塵蘭小村也只是因爲他們比較不排外罷了！很早以前，村長就會娶亞裔的妻子，那麼整個村子自然是不排外的。

庫克打斷了丹妮的敍述：「妳這樣講太慢了，我們邊走邊說吧！丹妮妳先做飯。」

等他們背著器材上路時，庫克接下去後來的故事。

薩羅被麗莎這樣貼心照顧著自然是心動的，畢竟也只是個20來歲的少年。而麗莎也是如此，他們兩人便常常在懺悔室翻雲覆雨，直到有一天教廷的人找來。

原來他們苦行僧也是需要向當地教堂回報的，但因爲塵蘭村非常小，雖然有教堂但是沒有神父進駐，所以薩羅本該進城回報。

結果麗莎當時剛好發現自己懷孕，所以薩羅便提出要還俗的想法。不料當時教廷的主教認爲這是大不敬，尤其是苦行僧居然在懺悔室與少女交媾，更是罪無可恕。

於是主教命騎士將薩羅活埋進牆裡，就露出一顆頭。

美其名是幫助他修行，可是……，唉！後來村長出面求情，主教才說，如果薩羅可以撐一個月沒死，就同意將他放出來。

可是薩羅只撐了三天他就死了。

麗莎這三天時刻都陪在他的身邊，她非常後悔，後悔自己害得薩羅破了戒。

第十二章　母子惡鬼

庫克說到這裡突然一陣沉默，他看起來相當疲憊。

這時阿成他們已經快到教堂了，龍哥便開口道：「先做正事吧！等等回去再說。」

接著便各忙各的，阿成和阿志在架設機臺，龍哥則走到懺悔室。

他剛踏進去的第一步，便感到刺骨的冷，空氣中帶著淫氣，但奇怪的是懺悔室是曬得到太陽的，照理來說不應該這麼淫。

庫克從小房間裡拿出一幅古佛畫像，龍哥定睛一看，這不是自己一直在找的燃燈佛畫像嗎？本來都傳說它在F國，沒想到就在塵蘭村裡。

庫克道：「這就是我們拿來鎮壓祂的東西，是從前我們亞裔的村長夫人留傳下來的。她是位神奇的女性，她說50年後會有人因這幅畫而來，並且會徹底解決怨靈的問題。」

龍哥點點頭，有些難以啟齒。

庫克貼心的說了：「她說這幅畫可以送給解決問題的人，她的預言都相當準確，所以在你打聽這幅畫時，我就知道解決怨靈的人來了。」

龍哥放心了，讓庫克繼續說下去。

庫克嘆了口氣：「薩羅臨死前，那些騎士以麗莎已是不潔之身爲由，說要將她淨化。」

「淨化？是用聖水受洗嗎？」

庫克搖搖頭：「不，是他們每個人都與麗莎交媾了，他們聲稱自己的精液是最神聖珍貴的精華，他們願意碰她那骯髒的身子，已經是教廷給麗莎母女最大的慈悲與寬容。」

龍哥擺手阻止道：「等等，你說什麼？麗莎母女，這跟麗莎母親有什麼關系。」

庫克搖搖頭，咬牙切齒道：「那些貴族不會在乎這些的，我們相對他們來講，只是地上的螻蟻，肯給我們一聲交待已經是恩德了。」

龍哥抹了一把臉，神情相當沉重。

這時阿成走了進來：「今天暫時先放二個AP進來，明天要到村裡別處，師父，你怎麼了？臉色那麼難看！」

龍哥又拿出他的錫箔小火爐，化了幾張聖曼陀羅，他咬了咬後槽牙，臉色凝重一言不發。

庫克的臉色也很難看，正欲說些什麼時，被龍哥打斷。

「先回去吧！我要弄清楚前因後果才能完全處理。」

這時阿志也收好工具走了進來。

一行人走在下坡的路上，龍哥將剛剛庫克所說的事實再複述一遍。

阿成忍不住惡寒：「我的媽啊！這騎士團也太噁心人了吧！」

庫克接著說道。

他們當著薩羅的面強行姦淫麗莎母女，麗莎的媽媽顧著麗莎肚子裡還有寶寶，便幾乎放開自己讓他們都往自己那邊來。

可是這群蝗蟲，貪得無厭，他們玩死了麗莎母親還不夠，甚至連麗莎也……後來麗莎的下腹部一直出血，她自己有預感寶寶沒了，便咬舌自盡。

當時正在姦淫她的騎士嫌穢氣，還刺穿她的肚子將她掛在長劍上，寶寶都被絞碎了。

薩羅陷入瘋狂，但有騎士怕他也咬舌自盡，便塞了布條進他的嘴裡。不過後來薩羅也撐不過三天就走了，據家裡老人說，他的眼神充滿了怨恨和絕望。

龍哥嚴肅道：「不，薩羅不是那個怨靈。他雖然怨恨，但他的魂氣是藍色的，薩羅生前應該很善良吧？」

庫克訝異道：「不是祂嗎？我不太清楚祂生前的事，或許可以問問凱德。」

三人走回庫克家中，丹妮剛好煮完豐盛的晚餐，這時凱德也剛從村裡的辦公廳回來。

第十三章 一場姦殺的祕密

庫克問了凱德關於薩羅的事，凱德回憶起往事，當年他也才10歲，只知道那時候所有大人都跪在懺悔室外求情，卻只能眼睜睜的看著麗莎母女被姦淫至死。

而薩羅，他眼裡的絕望，就像一潭死水一樣，你若是不小心對上他的雙眼，便會被他拖進那無窮的深淵，你不會再有爬起來的機會，那是活屍才有的眼神。

想到這，凱德打了個冷顫。

「我小時候的印象中，薩羅是個非常安靜溫柔的修行者。他對所有人都那麼的溫暖友善，雖然薩羅很沉默。這也是麗莎與他相愛後，塵蘭村並沒有人反對的原因。」

龍哥點點頭，確定了自己的想法：「那怨靈是麗莎，你們想想看，怨靈在鬧的對象都有誰？」

凱德想了想：「薩羅死後沒多久，騎士團所有人皆腸穿肚爛而死，所以那時候的村長才從中國買了佛像貼在懺悔室。之後，教廷爲了平息這件事便將塡薩羅的那面牆取下安葬，如此便安靜了五十年。所以我們才誤以爲怨靈是薩羅。」

龍哥又問：「那麗莎她們呢？」

凱德有些心虛道：「呃……她被村裡人領走了。」

阿成有些不耐煩了，這些人每次話都說一半，「什麼叫領走？你說清楚一點。」

凱德不安道：「阿爾法說麗莎她們是女巫，是她們佈下巫術引誘薩羅，才讓神的使者、神的孩子犯下色戒。所以他們燒了麗莎母女，然後將她們的骨灰埋在教堂門口，讓受上帝憐愛的村民，在每次進去教堂時都能踐踏在她們身上。他們說那才能讓麗莎母女還清自己的罪孽。」

阿成激動的站了起來：「你他媽的放屁，胡說八道什麼呢！」

庫克壓下氣憤的阿成：「大家都知道！但阿爾法家有人參加騎士團，也死在那次的怨靈作亂中。而且阿爾法在教廷裡有人，我們得罪不起。」

龍哥沉吟片刻道：「那現在呢？怎麼鬧起來的？」

庫克搖搖頭：「我們不知道，就……」

阿爾法家的人突然相繼離世，醫生說是死於心臟麻痺，但也有目擊者說，阿爾法是嚇死的。

那天阿爾法去城裡的肉舖買火腿。那裡的店員說，爾法瞬間瞳孔放大，一開始是非常驚訝的神情，後來便是慌不擇路的四處逃散。等阿爾法衝到街上時，他好像被什麼東西撞擊了一下，應聲倒地死亡。

而他的家人也都是差不多死法，只有他的妻子潔塔，就是那個騎士的親姊姊，她的舌頭是被外力硬生生拔斷的。當時她正在睡覺並沒有人看見，是隔天一早她兒媳才發現的。

他們報警也沒用，因爲潔塔的房間門窗都關得很好，而且那天晚上潔塔兒子一家剛好進城，等於說，阿爾法家只剩下潔塔。

龍哥手指不停的敲打桌面，突然，他便利用梅花易數算了出來。

「是麗莎，潔塔家現在沒人了吧？」

凱德面色沉重的點點頭：「如果不是因爲這樣，我們也不會千里迢迢的找陳大師過來。」

龍哥點點頭：「我知道了，今天子時我再過去一趟吧！阿成跟著我，傢伙帶著。其他人好好睡上一覺吧！」

阿成這才發現凱德、庫克和丹妮，他們的眼下有著一圈濃重的烏青，想必是爲了這些事都沒睡好吧！

龍哥和阿成抓緊時間，找了個安靜的房子先打坐休息，直到晚間的10點半，他們才動身出發。

第十四章 怨氣沖天

龍哥經過教堂時看著門口那塊踏門檻前的空地，隱隱泛著黑氣，又有一縷紅氣，但不甚明顯。

龍哥喃喃道：「應該還來得及。」

二人進到懺悔室，雖然薩羅的屍骨已被安葬，但這裡才是祂的死亡地。

龍哥說道，人有三魂七魄，人死後就會歸到祂該去的地方，七魄會消散而去。而依佛道家的說法，三魂其中會有一魂到牌位、一魂到骨灰罈，還有最後一魂便到地府受審。

三魂七魄中到地府受審的那一魂，在結算了一輩子的善惡因過後，就會前往他的下一世，或是在地獄中消惡果，亦或是成佛。其他兩魂還是會繼續在牌位跟骨灰罈裡，這裡雖然是F國，但規制應該是差不多。

阿成點點頭，表示受教了：「師父，那我們先招魂？」

阿成拿出草黃紙符和招魂鈴搖了搖。

阿龍不耐煩的皺起眉頭，咬牙切齒道：「先、擺、壇！我真懷疑老子當初是不是瞎了眼，原本你不是很機靈的嗎？」

阿成無所謂的聳聳肩，痞痞的笑道：「師父～現在後悔已經來不及了，我可是拜過祖師爺的，進了師門，你就是想廢了我也得看師伯同不同意。」

阿成得意的翹起下巴，龍哥拿著桃木劍便往他屁股戳去。

「老子打徒弟也是剛好而已。」

阿成頓時跪下求饒，兩手拉著自己耳朵，像隻垂頭喪氣的大金毛：「師父～我知道錯了！先辦正經事吧！」

龍哥冷哼一聲轉頭去搗拾法器，阿成在後面擠眉弄眼的調皮一笑。

龍哥冷冷道：「我是沒辦法廢了你，但重新收個徒弟，不帶你出來還是辦得到的。」

阿成立即諂媚的上前捶肩捏手：「哎！師父說的什麼話，我最機靈了，不帶我帶誰呢？是吧！」

「是……」

阿成瞬間毛骨悚然：「師……師……師父……」

龍哥淡定的回過頭：「叫什麼叫，你那麼吵，把人家吵醒不是很正常嗎？我還省了招魂法事呢！」

龍哥做了一個揖：「薩羅先生你好，敝姓陳。」

薩羅沒有什麼精神的點點頭，但五官相當明顯，是個清秀的白子。

龍哥歪頭看了一下薩羅，問道：「你是藍色精靈吧？怎麼魂體有缺？是發生什麼事了嗎？」

薩羅無精打采的，眼皮都快掀不開：

「是……是麗莎，她媽媽消散了，我只能護著她和孩子。但最近我覺得自己快控制不住她了，所以分了一半的魂給麗莎，希望她能清醒一點。

原本，我能變成精靈也要感謝燃燈佛的佛像，祂有一種淨化靈魂的能力，可以讓我躁動的魂魄獲得安寧。也因此，我一直在用靈力溫潤麗莎她們，只是在一個月前，潔塔帶著她小孫子來附近教堂玩。她小孫子調皮，將麗莎媽媽的骨灰挖了出來，潔塔不以為意隨便的丟在一邊。

之後她的孫子在骨灰上小便，潔塔也並未阻止，還在一旁咒罵，任由骨灰曝曬在太陽底下，當天麗莎媽媽就魂飛魄散了。我怎麼也阻止不了麗莎，只能裝作前任的村長夫人給庫克托夢。

我知道陳龍你要什麼，甚至還可以告訴你下一個材料的下落。但你要幫我將麗莎母子轉世超生，為了報答，我願意成為金字塔裡的淨化精靈。」

龍哥似乎有些驚訝，問道：「你認識我師父，張傳雄。」

薩羅疲憊的點點頭：「開始吧！我將麗莎帶過來。」

第十五章　超渡嬰靈

龍哥看了看附近的景色，快速的又卜了一卦，得了個巽卦，如果是測算鬼神的話，主是自殺或刑罰逝去的孤魂。

龍哥喃喃道：「長女啊～難怪。」

麗莎跟隨在薩羅後面，身上的黑氣又有些泛紅，龍哥有些頭痛，照理說像麗莎這樣的怨魂，是不能立即超渡後馬上投胎的，就算薩羅願意提前預支祂的功德來換。

但要是自己不趁著麗莎神智清醒時趕快處理這件事，怕她的情況會越來越糟！

阿成這時開口了：「師父，麗莎這樣子不像超渡幾次就能投胎的啊！這法事沒做個十來遍，怕是她怨氣難消。總不能讓她帶著怨氣投胎吧！那她爸媽不是很衰！」

龍哥像似想到什麼，先是嘖了一聲，又用中指敲了一下阿成的頭：「別亂說！怎麼總是管不好嘴！」

但仍皺起眉頭說道：「薩羅，阿成說的也是實話。麗莎可能要做上幾十次法會才能轉生，你看……」

薩羅點點頭：「我知道了，如果連上古佛像都難以淨化麗莎的怨氣，你又怎麼能在一次的法事中就將她送走呢？說吧！如果我們能配合的話。」

龍哥有些遲疑，但還是艱難的開了口：「薩羅，你知道，死靈術嗎？」

薩羅恍然大悟：「你是說，麗莎她……」

龍哥堅定的點了點頭：「沒錯，我不會西方古老的死靈術，但會東方古老的撒豆成兵術，這跟日本的式神召喚術也是一樣的。如果麗莎願意，我現在就可以送你們的孩子投胎，只是要預支你們夫妻的功德，這樣可以嗎？」

麗莎有些激動，整個魂微微發出藍綠色的光，看來麗莎生前也是個心地善良的好女孩。

薩羅寵溺的望著麗莎：「妳願意陪我嗎？不去投胎的陪著我，讓我們的孩子投胎去？」

麗莎高興的連魂魄都在顫抖：「願意的，願意。」

龍哥拿出符紙，現場快速做了一艘法船，麗莎從腹中拿出一團靈球，將其放在船桿上。

龍哥拿出引魂鈴，口吐古老悠揚的腔調，那像似另一個空間的語言。

阿成左右張望，發現沒有陰間使者前來接引，便小聲的問龍哥：「師父，沒有使者來牽魂，是不是因為我們在國外沒有業務啊？」

龍哥忙著做法懶得理他，只惡狠狠的瞪了阿成一眼。

阿成縮了縮脖子，嘴裡唸叨著：「什麼都不說，我跟誰學啊？還不如問鬼。」

這時薩羅飄在阿成身後解釋道：「阿成，我們這邊是天使來做的牽魂，祂們白天就會出現了。陳大師現在是在唸訴狀，將我們的情況報告給上面，然後將船送上去，我們孩子的魂魄會跟上的。紙跟水都是能附載陰陽兩界的最好媒介。」

阿成嚇了一跳，但還是愣愣的點頭道謝，心想，還眞是讓鬼來教我啊！

龍哥撇撇嘴，懶得看阿成那沒出息的樣子。

一邊做法，一邊走向溪流邊，龍哥又拿出自己的錫箔小火爐，化了幾張聖曼陀羅環保紙金。

然後將紙船放入溪中，慢慢的漂流直至消失無蹤。

龍哥又拿出紅線和銅錢圍了一個圈，這次他沒有再化紙錢，而是拿出法師疏文出來。

阿成湊了過來，眼巴巴的看著龍哥：「師父~」。

龍哥指了指那個圍出來的圈圈：「這只是做個紀號，告訴我們那邊的人，我收了一精一魂當護法，會約束祂們不作惡。」

阿成若有所思的點頭。

第十六章 前往N國

龍哥送走小靈球後，便拿出兩張小紙人，薩羅點點頭拉著麗莎便進去紙人裡。

龍哥從背包拿出上古佛畫像的捲軸，將紙人放在捲軸中。

阿成打了個哈欠問道：「師父，可以回去睡覺了嗎？好睏啊！」

龍哥輕輕嘆息：「走吧！阿成，你真想走這一行嗎？」

阿成歪著頭：「怎麼了嗎？師父爲什麼變得那麼嚴肅？」

龍哥搖搖頭沒有多說，逕自往前走。

直到隔天阿成才知道爲什麼龍哥會這麼問他。

一早阿志便和阿成去牽線安裝AP，經測試後也確定訊號無誤，大家便收拾行李準備回家。

這時龍哥卻不願與他們同行了，他說他要去N國，歸期不定。

阿成急了，這件事來得太突然，他還沒能準備好。

龍哥向阿成解釋道，他是爲了師傳的法器而奔走。

「那個金字塔是我們師門好幾輩傳下來的研究，因爲找不到材料所以一直沒人造出來過，再加上以前的火鍛造鍊的技術沒那麼好，以致就算知道了精鋼石的下落也沒人去尋。那還只是鑲邊而已，重點材料是佛像、經書和冰靈晶。現在佛像到手了，經書也知道了下落，我怎麼能不去尋找？」

阿成幼稚的拖著龍哥的手：「那你就不帶我去？」

龍哥沒好氣的看著他：「我沒家沒累的孤身一人，你還有工作、還有一個老爸爸怎麼走？」

阿成故意手插著腰，一手比著蘭花指：「哼！我不管，你這負心漢。我排行老三，怎麼輪也輪不著我全顧吧！我打電話給老爸，他會同意的。」

龍哥表面上無可奈何，但心裡卻揚起一股暖流。

阿志若有所思的問道：「那冰靈晶的下落呢？看龍哥的樣子是已經知道了。」

龍哥點點頭：「我師兄一直有在追查呢！已經有頭緒了，如果我們這邊進行順利，可能還跟得上師兄那邊的進度。等法器煉起來，以後跟怨鬼談判也方便多了。阿志你也遇過不少，但從來沒碰過一次搞定的那種吧？」

阿志贊同的點點頭：「每半年吧！我就得做一次法會，如果宮廟、道場有辦卡，我絕對是VVVIP。」

阿成打完電話回來，整個人心花怒放的說：「嘿嘿！師父你可別想甩掉我。這次我連工作都辭了，老爸還意外贊助我10萬元，沒想到吧！」

阿志目瞪口呆的看著阿成：「你……你……」

阿成雙手插胸：「我表姊曾梅你們知道吧？她因爲靈異體質只能在瘋人院工作，如果我學有所成就能幫她穩定生活，還有幫她那個澳洲的同學惠梨佳，解決那日本怨靈的事。啊哈～這10萬元就是贊助基金啦！搞不好還能再多賺幾個大紅包呢！聽說惠梨佳家裡很有錢，而且師伯也很傷腦筋呢！」

龍哥笑罵道：「你個八卦王，什麼都知道。」

臨走前，龍哥要庫克將麗莎的骨灰撿起和薩羅放在一起，這時塵蘭村的人已經不敢有異議，很快的便展開行動，阿志先回臺灣，龍哥和阿成則是多留一天，他們要將麗莎的屍骨安頓好。

到了晚上薩羅出現。

「我說的那本經書在N國，原本是潘德家族所擁有的，後來遭受喬西家族的背叛與搶奪。雖然他們二大家族現在仍然貴爲婆羅門，但潘西家族的阿南塔因被搶奪家傳寶物憤恨而死，這件事讓他們兩大家族結了世仇。但在婆羅門中是不會有人談論的，表面上還是一派和氣。」

第十七章 貝葉經

阿成急忙插嘴道：「N國，那是佛教國家，那我們要找的是《貝葉經》囉？」

龍哥點點頭說起緣由。

《貝葉經》起源於古印度，約西元前一世紀末，因爲錫蘭僧團中的長老鑑於國內曾發生戰亂，擔心早期流傳下來的教典散失，便由以坤德帝沙長老爲首的大寺派護持，其中五百名阿羅漢長老，於斯里蘭卡中部馬特列地區的阿盧迦寺舉行上座部佛教歷史上的第四次結集，會誦集結三藏教典，並以僧伽羅文字將經典寫在貝葉上成書，這是首次將三藏集結成書面。他們用貝葉棕樹葉，煮過後曬乾，刻上文字後用顏料使字明顯，再組作書頁，頁邊並塗以金漆，配有具保護性的硬底封面。

但這次要找的是傳說中，釋迦牟尼佈道時他弟子手抄的《貝葉經》。所以那《貝葉經》不會像世面上的書那樣華麗，但也有人傳說見之如見佛面，是以，這兩大婆羅門家族才會如此爭搶。

阿成又問：「那現在《貝葉經》在……？」

薩羅今晚的魂體就有精神多了，散發著淡淡溫馴的藍光。

「在喬西家。喬西家有一個庫瑪麗，也就是活神女。拉姆將《貝葉經》交給神女保管了，據說以前那些神女從小就摘了子宮跟卵巢，就是爲了不來初潮以便成爲永遠的神女。」

阿成疑惑的看著龍哥，龍哥回他道：「他們的神女只要來月經就會被視作不潔，所以就會被迫退休。」

薩羅點頭道：「是的，喬西家的女兒從以前就是這樣，不管有沒有選上神女。」

阿成又問道：「那麼那些沒選上神女的女兒呢？」

麗莎從薩羅身後竄出來，冷冷說道：「丟進巴格瑪運河裡淹死。」

薩羅接著道：「從F國到N國這麼遠的距離，我都還能聽到那些怨靈的哀嚎吶喊！」

阿成露出不可思議的神情：「太扯了吧！七千公里耶！」

薩羅滿是悲憫的說道：「那條大地之河下滿是怨靈，祂們的吶喊已經震動到上古燃燈佛，佛像有靈，時時望向南方。我與佛像相伴已久，自是知道祂欲前去淨化怨靈的，現在與你們相遇，當是冥冥之中註定。」

龍哥則是倚在窗邊思索著，《貝葉經》、神女。自然是要從神女下手的，但N國的庫瑪麗也不是那麼好靠近，除了祈福，還有什麼機會呢？

阿成倒是沒想那麼多，村裡連上網後他便迫不及待的查找N國的旅遊攻略，好像不是去找

《貝葉經》而是去玩一樣。

隔天庫克帶龍哥他們來到機場，也帶上不少供奉給龍哥，因爲知道他們要去N國，還貼心的都給了美金，這樣方便他們以更高的匯率兌換。

阿成坐在飛機上無聊的打著哈欠，將近12小時的飛行還是擠在經濟艙，對兩個身高都超過180的大男人來說，簡直就是酷刑。

阿成全身上下都備感酥麻，比當兵出操還要累。

龍哥雖然嘴上教訓著阿成，但自己身體自己知道，蜷縮這一方小天地實在是很難熬。

這時，有個空姐看不下去了，她用英文偷偷的跟阿成說，可以到最後一排沒人的座位區，將把手都往上抬平躺在位子上。

阿成得知後如獲至寶，順便幫自家師父也占了一排位，龍哥雖然難爲情，但看在阿成的一片孝心上，終究還是躺平了。

空姐捂嘴偷笑，拿了一張小紙條給阿成，附在他耳邊說道：「要去N國玩可以找我弟弟，他是當地的翻譯兼導遊喔！」

原本以爲有一場艷遇將要展開的阿成愣愣的點頭。

只見空姐搖著風情萬種的腰肢離去。

第十八章　空姐導遊家族

龍哥幸災樂禍的笑著，蓋上皮夾克便睡了過去。

兩人下了飛機還在候車處時，飛機上那位美艷的空姐阿妮熱情的跟他們打招呼。

「嗨，還沒找到導遊嗎？有沒有考慮我弟弟巴薩奇，他等一下會過來接我，要不要順便送你們去酒店？100盧比就好。」

龍哥不太了解N國的物價，但剛剛換了5萬盧比的他，覺得100盧比相當便宜，尤其是跟香港的計程車比。

但阿成是做過旅遊攻略的，當下便勾著龍哥的肩，示意他先不要說話，又痞痞的笑著：「美女，宰得太狠了點啊～80盧比，行就行，不行咱們慢慢坐大巴，晃也能晃到加都。」

阿妮捂嘴笑道：「啊～別這樣嘛！多20盧比就當小費囉～相信我，只有巴薩奇能聽懂你們的語言，因爲他老婆是藏區的女子，會一點中文的呦！」

龍哥實在不想在大庭廣衆之下跟空姐討價還價，這樣眞的很像某種情色交易。他捂著阿成的嘴對阿妮點了點頭，酷酷說道：「成交。」

阿妮走近車道旁，對著停靠一邊的白色廂型車招招手，那臺車立即前行停下。

阿妮回過頭笑靨如花：「走吧！」

巴薩奇趕緊下車幫忙拿行李，十分熱情親切：「啊～客人不要怪我姊姊啊！N國的觀光競爭太激烈。歡迎你們來到神比人多、廟比住房多的佛祖之都——N國。」

這時阿成有些尷尬，悄悄對龍哥說道：「師父，這樣我們祖師爺會不會生氣啊？怎麼說，我們也是五術傳承的道教。」

龍哥此時卻十分平靜：「我們道家講究紅塵練心、自在隨心，祖師爺不會怪罪。」

原來龍哥的師門雖不是什麼名門大派，但也算是正經的山道，也就是仙道。他們這一支脈更是頭腦新奇，勇於嘗試新知識和論點，又以山、醫、命、卜、相五術爲基準，龍哥這一支是專修卜道的，但其他四術也略懂一二。

他們四人來到酒店後巴薩奇便幫忙開房，阿妮是不需要訂房的，晚點直接回家住就是。之後便是讓龍哥他們先休息，巴薩奇貼心的幫忙訂好飯店晚餐，便帶著阿妮回家。

此時天色還早，才下午3點半，但龍哥他們坐了太久的飛機，骨頭都有點痠。

阿成立即又打電話給巴薩奇：「誒，這裡可以叫按摩呢？可以讓她們進酒店來嗎？我實在不想出門了。」

巴薩奇一副了然的語氣：「哦～我們這邊的小姐嗎？你喜歡哪種年齡範圍的？這個不好

做，在我們這邊是冒犯神靈的，所以年紀會大一點。」

阿成翻了個白眼，悻悻然道：「大哥啊！我們師徒兩個是眞的有點累了，想找人按按消除疲勞的。修道人，你懂嘛，不嫖妓的。」

巴薩奇又呵呵曖昧的笑了起來：「好、好我懂。師～徒嘛！」

阿成實在被這巴薩奇的腦洞打敗，但也懶得再去解釋。

沒多久，敲門聲響起，兩個年約16歲的少女走了進來。

她們有雙淸澈的大眼睛，但明顯是不到16歲的，阿成不懂爲什麼找兩個女童來按摩，甚至懷疑這樣的女童會有多大的力氣？

但很快他就知道了，做人是忌諱以貌取人的。

「哎呀呀！輕點、輕點。」

龍哥在另一張單人床上悶悶的笑：「誰叫你要用那種瞧不起人的眼神看人家？別小看她們了，雖然體形小隻但從小就要幫家裡幹活，力氣就未必比你來的小。」

第十九章 權力鬥爭下的活女神

晚上龍哥他們恢復了精神，便出街去逛逛，才剛出酒店門口便有許多人上前搭訕，後來阿成才知道這些人都是導遊。

路上也有很多小孩在要錢，龍哥搖搖頭，他知道只要給了其中一個孩子，那錢便是一路都給不完的了。

剛剛按摩那兩個少女，明顯還未成年但已經是一個小孩的媽媽。

他們找了間好像是賣甜品的點心店，花了50盧比坐下享用甜點，那像是很濃厚的牛奶加香料製成的，是很特別的味道。

其中有不少妙齡少女上前搭訕，或許是對龍哥他們抱有希望吧，希望能被他們看上進而逃離這個貧窮的國度。

龍哥甜點也吃不下了，擺手讓阿成起身回酒店，他們才剛離開座位就有小孩衝進去搶食龍哥剩下的甜品。

阿成目瞪口呆的看著，龍哥感慨的搖搖頭。

隔天，巴薩奇一早就來敲了酒店房間的門，他要帶龍哥他們去溼婆廟（燒屍廟）看看，因爲今天有位貴族要舉行喪禮，這可是難得一見的盛事。
他們來到橋上，巴薩奇正滔滔不絕的介紹著：「那邊那個房子是等死房，要排隊。然後送到河邊，用牛奶沐浴至少15分鐘，再來送到石碑上，頭朝聖山，那是衆神的居住之地，再用巴格瑪運河的水淨化亡者的頭和腳。」
龍哥打斷了巴薩奇接下來的講解：「不了，我們想去參拜庫瑪麗。」
巴薩奇看了一眼龍哥：「可以啊！但庫瑪麗是我們的活女神，她是不能出事的，就算是打個噴嚏都會影響到我們N國的國運。你們可要想好了，出了事我可保不了你們喔！」
龍哥拿出200盧比：「我只想單獨跟庫瑪麗說幾句話，辦得到嗎？」
巴薩奇眼疾手快的收了錢：「你想說什麼寫下來，庫瑪麗自有感應，中文、英文都可以。」
阿成疑惑道：「女神不是三歲後就不能下地走，也沒辦法讀書求學的嗎？她看得懂字，還中文？」
龍哥忍不住又敲了阿成的頭：「管好你的嘴，都說了是活女神，那她自然是有神性的。以前有些信衆不好當衆祈求願望，會將祈文寫在棕櫚葉上，就跟我們的疏文是一樣意思。」
巴薩奇點點頭：「是的，時間還早，你們如果不想參觀火葬儀式那我帶你們去吃傳統早餐。」

說罷他們便來到一間破舊的小舖，阿妮換上傳統服裝笑得陽光燦爛，一邊用力的揮著手，一邊扶著一籃像果子的東西。

巴薩奇不好意思的笑笑：「我家開早餐店的，我老婆很會做油酥，嚐嚐吧！」

龍哥了然，阿成又忍不住說道：「你們這是搶錢家族啊！這麼會賺。」

巴薩奇看著自己老婆道：「我們想移民，想到別的地方去。我有兩個女兒，你們不會懂那種恐懼。」

龍哥向阿妮借了紙筆，快速的寫下：「上古貝葉經，金字塔淨化怨靈。」還在紙條裡放進兩張小紙人，便將之塞給巴薩奇。

「幫我交給庫瑪麗，紙人會幫忙傳達她的意願給我。」

巴薩奇或許是做爲導遊見多識廣，沒有多說什麼便收起字條。

阿妮這時和弟媳閒聊：「那個喬西家，現在不止女孩都夭折了，連男丁都留不住，這是第幾個了？連帶的讓這一屆的庫瑪麗都掛上不祥女神的名號，她應該也快退役了吧，12歲了！喬西家這次沒有女兒參選，搞不好潘德家會再現當年的光輝。」

弟媳一邊烹煮酥油茶一邊回道：「潘德家這次有二個女兒參選呢！自從阿南塔死後他們家好久沒有出神女了。」

阿成望向龍哥，龍哥搖搖頭要他別輕舉妄動，畢竟《貝葉經》對高等婆羅門家族來說，那是一種佛之傳承，高等血脈的象徵，而神女又關乎N國國運，還是別亂觸動他們國民的敏感神經。

用完餐他們便來到寺廟中，照顧者會將他們引到庫瑪麗的神壇邊。

阿成看著稚幼的女童坐在神壇上，赤裸的纖足沾染了紅色的顏料，照顧者示意他們跪下參拜，但龍哥並未雙膝下跪，他只跪了一隻膝蓋，但那是爲了尊重而不是虔誠的信仰。

如果他們的神眞的如此慈悲，就不該放任河床邊的怨靈夜夜嘶吼吶喊。

照顧者當然是不悅的，甚至有些想趕人，巴薩奇見狀忙拿出500盧比的供奉，那照顧者才撇撇嘴站在一旁。

阿成就沒有那麼多包袱了，該跪就跪該拜就拜，最後在庫瑪麗賜福時，巴薩奇趁機將紙條奉上。

神女面容嚴肅不怒自威的看著巴薩奇，他立卽下跪趴在地上，但字條卻是被庫瑪麗收下了。

她點了點頭，期間沒有說過一句話，但龍哥卻注意到庫瑪麗手隱隱的按住肚子，讓他不禁猜測，這位庫瑪麗應該快要退役了。

當晚龍哥便帶著阿成來到寺廟後門，阿成拍打著身上的蚊子：「師父，我們來這裡幹嘛啊？餵蚊子啊！」

龍哥負手而立一派高人作風，實則裡裡外外已經貼滿防蚊貼，他拿出一瓶香茅油：「拿去噴，我們在這裡等薩羅。」

話音剛落，薩羅便飄了過來。

「庫瑪麗同意了，但有一個條件。」

龍哥接著道：「她要退役了是吧？想要脫離喬西家？」

薩羅點點頭：「沒錯，但她不想嫁人，她不是要那種脫離。」

「她想去哪？」龍哥問道。

「她不知道，或許先跟著你們吧！」薩羅緩緩回答。

龍哥嘆了口氣：「我們接著要去喜山找我師兄，帶著她不太方便，她不太會走路吧？」

麗莎這時飄了出來，她現在的氣已經慢慢變得灰白。
「她說她可以去喜山，塔蕾珠指引她往喜山去。」
阿成拍打著蚊子：「那她能走嗎？」
麗莎又飄了進去，不一會兒又飄了出來。
「她說她退役後就能走了，河床邊有一些善良的精靈會陪著她。」
龍哥點點頭：「那她何時退役呢？」
麗莎面容模糊，令人看不清神色，但讓人感覺她是在害羞的，也難怪，畢竟她逝世的時候仍是個少女。
「嗯，應該就這幾天了，你們要防止喬西家來搶人。」
龍哥看了看寺廟前的大樹，凝心卜了一卦測吉凶，得卦坎。
「過程彎曲難行啊！」
阿成這時抹好了香茅油，也沒有蚊子來騷擾他。
「師父，那我們是不是要找幫手？」
薩羅飄上前來：「我們應該先幫河裡頭的怨靈做超渡吧！幫手的話，或許可以讓祂們先嚇嚇喬西家。」

龍哥點頭：「或許不用河裡的怨靈，我們直接招阿南塔的魂就好。」

於是麗莎在跟廟裡的女神通氣後，薩羅便帶著大家來到運河邊。

但只第一關他們便遭了難，不是語言不通也不是他們誠意不夠，而是怨靈不願離開。有從小的信仰洗腦也有輪迴轉世的概念在，祂們害怕離開這裡後下一世會淪為賤民。

第二十一章 藍色靈魂

薩羅好說歹說仍是無法打動這些怨靈放下執念去投胎，但祂們並不排斥薩羅身上療癒靈魂的藍光。

至於執念，這些女嬰雖然小但仍是記得襁褓中母親溫柔無私的愛，直到現在喬西家的婦人三不五時還會到河邊，為她們來不及長大的女兒哭泣。

龍哥的超渡法事再厲害也招架不住這些眷戀母親懷抱的怨靈。

無計可施之下，龍哥只能先招阿南塔的魂過來。

阿南塔的魂是墨綠色的，等於說如果龍哥他們沒有來，或許阿南塔很可能就要變成黑色的怨靈了，到時候被煞衝撞而死的可能就不止是小孩。

龍哥有些爲難，如果再讓阿南塔跑進喬西家，他擔心喬西家的人或許就凶多吉少了，但這N國的人你要讓他們接受其他宗教的洗禮是不可能的，所以讓龍哥出面幫他們除祟怕是比登天還難。

阿成並沒有考慮這麼多，他見阿南塔魂形中隱隱帶著三角黑旗的樣式，便知道這阿南塔絕對是受委屈的那一方。

雖然阿成不清楚N國這邊的神是否會接受怨鬼復仇，他只知道喬西家漠視人命的行爲，很明顯已經搞得天怒人怨。

龍哥又起一卦，得卦乾，他便知這阿南塔是被已帶有封號的邪神註令復仇的。

龍哥見事已至此便再助阿南塔一臂之力，讓祂在白天能無視神佛威懾去向喬西．拉姆討債。

但龍哥也與阿南塔做了協定，不得有實質的殺害行爲，只能利用拉姆的愧疚之心逼他向神靈懺悔，對家族的女孩不得再進行迫害，並讓現任女神退役後能自由來去。

阿南塔是有些遲疑的，而且《貝葉經》就在女神身上，那可是他們家傳的《貝葉經》，曾經釋迦摩尼在樹下佈道時家族弟子的手抄經，那可是見葉如見佛啊！

薩羅繼續勸道，這時麗莎有了感應，塔蕾珠在寺廟裡透過庫瑪麗傳來了訊息。

塔蕾珠爲皇室的守護神，但現今皇室已然沒落，而且庫瑪麗又是有佛性，所以塔蕾珠指引她前往喜山繼續悟道修佛。

或許是塔蕾珠早已預料阿南塔對《貝葉經》的執著，於是透過庫瑪麗又傳遞出了一個訊息，那便是阿南塔必須成爲金字塔的第二個精靈，來幫助薩羅淨化世間怨靈。一來是守護他們潘德家的祖傳寶物《貝葉經》，二來是讓阿南塔爲家族祈福。

阿南塔聽見尊貴的塔蕾珠女神這麼說，便也放下自己的執著。

同時塔蕾珠女神並指出，願意出面普渡淹死在巴格瑪運河的所有女嬰，畢竟這些女嬰是喬西家族爲了爭搶女神位置的犧牲品，算起來跟塔蕾珠也有著千絲萬縷的糾葛因果。

龍哥至此終於鬆了一口氣，他頭痛難解的困境就這樣被塔蕾珠女神化解。

接著阿南塔便飄去喬西家找拉姆談判，而塔蕾珠女神也前往運河超渡怨靈。

塔蕾珠是浮在空中的，她手拿《貝葉經》，拇指一一點過怨靈，那是祈福也是包容，因爲這些怨靈皆是缺愛的孩子，所以塔蕾珠也讓祂們感受到了女神的愛。

或許是塔蕾珠便是怨靈心目中的神吧！有著信仰之力的加持，讓這些原本就心善純潔的嬰靈很快便成爲白色的靈球。

有一些退役的庫瑪麗則是變成和薩羅一樣的藍色精靈，祂們將會陪著現任庫瑪麗前往喜山修行。

祂們能這麼快化解怨氣還有一部分原因應該是《貝葉經》的功勞，雖然沒有人背誦經文，但這《貝葉經》本身便帶著濃厚的佛氣，只要在它身邊便會備感安寧沉靜。

第二十二章　退役女神

龍哥是慶幸的，他本來以爲這會是件兩面不討好的事，沒想到有神靈相助就像開了掛，這次他來到寺廟內，對著塔蕾珠女神便是眞心誠意的向她跪拜祈福。

過沒二天庫瑪麗便退役了，這次女神換到潘德家，也算是一種補償了吧！

退役後的庫瑪麗必須在寺廟的小房間中獨自待12天。

阿成走在大街上左右搖擺道：「這算不算是退神啊！師父。」

龍哥難得懶洋洋的伸了個腰，這些年師門交待的事總算有了著落，他也好不容易可以放鬆心情。

於是他很無賴的回道：「不知道，我又不是這裡的人哪懂這些習俗？你不要以爲師父就是萬事通，要知道人外有人、天外有天。」

阿成一邊搖頭晃腦一邊接著道：「要對所有事物都心存敬畏之心嘛！我知道！你都講八百萬遍了。」

這幾天他們也要準備好去喜山的物資，張天師最後一封訊息告知，他們的位置在喜山的贊斯卡山谷，目前借住在普克塔爾寺裡。

這寺廟非常特別，是建立在懸崖峭壁上的，寺廟前長有一棵樹，連接著附近的布達小村，布達小村裡也有二棵長生樹，據古人傳言，這三棵樹是同根同源。

所以寺廟中的僧侶從不擔心佛寺會倒塌，只是那裡距離龍哥他們下了飛機還要步行差不多五天，這相當於野外求生了。

還好阿成是當過兵的，還是海軍陸戰隊，好歹受過訓。

這幾天就是和龍哥買些野外露宿的必用品，而且張天師的大徒弟也在，據說以前也是當兵的，還做過一陣子私人保鏢。

說起齊楊這個人，就帶有非常濃厚的神祕色彩，張天師會收他爲徒據說也是逼不得已，有小道消息指出，齊楊是某金主在張天師身邊插的棋子。

阿成也不敢問，因爲看龍哥他們都很忌諱的樣子。

巴薩奇這次可是賺翻了，半個多月的導遊費，他這個月可以輕鬆點了，他帶大家來到一家軍用品店，讓阿成先挑選自己要的用品，再讓阿妮來砍價購買。

這也算是一種優待了，不過龍哥還是包了二個小紅包，一包給巴薩奇，一包給阿妮。

阿成挑了些必用品，有小刀子（瑞士款式，最重要的是有小剪刀零件）、防水火柴或打火機、蠟燭（當燃料使用）、哨子、指北針、手電筒。還有防狼器，除了可防色狼以外，也可防止野外的動物來襲，是件很強的武器。

一面小鏡子，在迷路後可利用陽光反射，給於遠距離的人發出求救信號；鋁箔救生毯具保溫效果。

一些醫療用品，分爲口服用的止痛藥和感冒藥等，和外用的消毒水、止血膏、繃帶膠布、蚊蟲咬膏等。

活動小口糧食，以小麥餅乾和巧克力爲主的食物，包括飲用水和雨衣。

其實攜帶以上多種野外求生用具，除了可以在野林內發生突發事件時給予自救以外，還可從旁協助其他隊友在災難事件上得到最快速的幫助。

在攜帶的要求方面，小刀和哨子是屬於同行物件，要串在一條長長的頸帶，並吊掛在頸部上，以做突發事件應變之用。而防狼器就要擺放在胸前的背包肩帶位置上，可及時順手取得。

其餘的求生用具，可存放在一個隨身的小包內，如腰包，不可將求生物件全部都擺放在大背包內，如有發生事故也不需要花時間去找尋。

而大背包則放著長8呎以上的小麻繩，用於捆綁任何急需的用具，還有寬3呎以上的艷黃與艷紅的尼龍布，最後便是要穿著一雙質量佳的登山鞋。

第二十三章　出發喜山

準備好一切後，龍哥他們便來到寺廟接引帕瑪麗，帕瑪麗的腳巍巍顫顫的，看起來相當無力，但有好幾次當她快要跌倒時，身旁又浮現出隱隱藍光。

那是她逝去的姊妹在攙扶著她，旁人一看便紛紛下跪請求賜福，哪怕帕瑪麗已經退役了。

最後還是現任庫瑪麗的照顧者出面驅趕，才平息這場賜福風波。

阿成嘖嘖稱奇：「難怪她說她能跟得上我們，原來是開了掛。師父你說，她到喜山上能不能飛啊？」

龍哥皺緊眉頭咬牙切齒道：「仆街啊～衰仔，你厚多事！禁聲呐！（麻煩啊，臭小子，你真多事，閉嘴啦！）」

阿成捧腹大笑，笑得眼角都流下淚花：「師父，你順便教教我廣東話吧！」

龍哥氣急敗壞的拂袖而去，啊～不，是甩皮夾克而去。

阿成知道師父一定是被自己惹急了，不然平常師父是絕對不會說粵語的。

話說阿成也問過龍哥爲什麼都不怎麼說粵語，這時張天師便會仙氣飄飄的出現，而且還隱諱的告誡道，千萬不能讓龍哥常說粵語。

但經過阿成努力不懈加軟磨硬泡下，張天師終是說了句：「大仙容易上他身，你師父長太帥了。」

阿成雖仍是一頭霧水但也大概猜到，這應該跟龍哥離鄉背井來臺灣發展有關係。

他們轉了二次機，第二次的小飛機可謂是驚險絕倫啊！不但飛行時搖晃劇烈，停降的跑道還在懸崖上，那一不小心便會魂歸天地。

下了飛機阿成還心有餘悸，反觀龍哥的強裝鎮定和帕瑪麗的處之淡然，阿成心想，有開過掛的就是不一樣，人家有精靈姊妹團，哪能跟我們這種凡夫俗子相較！

接著便是徒步的翻山越嶺，帕瑪麗幾乎腳不沾地，還眞如阿成所言，到了喜山，帕瑪麗相當就是用飛（飄）的一路飛過去。

而他和龍哥則是氣喘吁吁的攀山越嶺，附近完全沒有吃喝的東西，原本阿成是可以獵些小動物的，但奈何身邊跟了一位帕瑪麗，人家見不得殺生，碰不了血腥。

於是這五天龍哥和阿成也只能吃些乾糧、糖果等補充體力，倒是這位帕瑪麗好像喝水就能活，一整天只吃中午這一餐。

他們路上還算順利，晚間薩羅和麗莎都會幫忙勘查地形和守夜，讓龍哥、阿成能好好休息。

帕瑪麗則是全身散發出一種詳和的氣息，讓原本仇視她的阿南塔也願意對過去的奪經之恨慢慢釋懷，最後一晚甚至會靠近帕瑪麗，蜷縮在她腳邊祈求憐憫。

當大家終於到達普特塔爾寺時，帕瑪麗表明她要在附近的村莊落腳，就不與他們前行了。薩羅表示那是帕瑪麗的使命，她將會在此處悟道，並帶領身邊的精靈一起修行。

於是龍哥也不強留，本來各人就有不同的道要走。

來到寺中，龍哥立即與僧侶說明他們的來意，僧侶牽引他們來到張天師和曾揚的廂房。

阿成好奇的左顧右盼：「這些和尚滿客氣的啊！師伯應該捐了不少盧比！」

龍哥垮下肩膀無奈道：「你那張嘴，能不能吐出一點好的？」

阿成用手掏了掏耳朵：「嗯，我說的是事實嘛！」

張天師走了出來，拿了一本道經就往阿成頭上招呼：「小兔崽子，成天氣你師父。這裡雞不生蛋、鳥不拉屎的，給錢有個屁用，當然是送種子、珍稀的水果還有耐穿的棉麻布啦，就說你，不念書、不懂事。」

曾楊冷酷的站在後面一言不發，眼神淡漠，好像這一切都與他無關。

第二十四章　喜山的盡頭

張天師終於等到龍哥他們了，趕忙將自己查到的消息說出：「第三件法器的材料是冰靈晶，傳說中它是以前唐朝公主的陪嫁品。」

南迦巴瓦峰是喜山的盡頭，但對遠古的苯教來說，那是衆山之父，而南迦巴瓦峰也就是苯教的發源地。

這座峰山上是冰天雪地、山下是熱帶雨林，兩種極端的生態同爲一山體，這更增添了它的神祕。

苯教據他們自己所說有一兩萬年的歷史了，而他們所創的岡仁波齊史前大金字塔比埃及那邊還早，就是證明。事實久遠已不可考，但祖師爺想造金字塔法器淨化怨靈，發想的確是來自於此。

但再悠長的文化也免不了被推翻、被革新，在西藏的西部有一位聶赤贊普便引進了佛教，他想利用宗教的力量分化苯教的政權。

這樣的野心一直延續到松贊干布出現，他爲了發揚佛教娶了大唐的公主。雖然外界對這位公主的形容有些誇大，但唐朝爲了顯示自己是泱泱大國，給這位公主陪嫁了不少寶物。其中就有這個冰靈晶。

這公主後來生了一個男孩，但很可惜不足10歲就被迫害暗殺了，這公主非常傷心，於是將冰靈晶給他陪葬。

龍哥點點頭接著道：「這傳說我知道。」

當時苯教的嫌疑最大，所以公主請求唐朝帝王出兵，爲她的小兒子復仇。至此苯教逐漸落寞，直到後來與佛教相結合成爲藏傳佛教。據說南拉巴瓦峰上還有波密王的女兒被金鋼杵刺傷的傳說，那是清朝的事了，要是這次運氣好或許還能尋到金鋼杵。

阿成歪著頭瞄了一眼曾楊：「師伯，你晚上冷不冷啊？」

張天師摸不著頭緒：「還好，怎麼了？」

「好大一塊冰跟你睡一起，晚上別感冒了。」

張天師無奈的看著阿成：「你還眞是不說話會死啊！沒事你惹他幹嘛？」

阿成竊笑：「那誰叫他逗不起來嘛！越是這樣我越想弄他。」

曾楊默默的拿起寺裡的石墩然後用力的放下，這讓整個寺廟都搖晃了一下，畢竟是蓋在懸崖邊，地基並不是那麼穩當。

龍哥搖搖頭：「你的那張嘴啊！等我哪天學了禁聲咒你就知道！曾楊，別跟他一般見識。」

曾楊冷冷的看著阿成，一言不發。

阿成只好尷尬的笑著：「哎！別這樣嘛！大師兄，跟你開個小玩笑。」

曾楊沒理會他，獨自回房整理行囊。

張天師翹起一邊的眉：「你啊！以後別逗他了，他也是個可憐人。」

阿成的好奇心被勾起，像隻蒼蠅一樣黏在張天師旁邊打聽，

這時曾楊已經收好行囊，一行人準備離開。

張天師還找了一個嚮導艾拉，是一個16歲的少女，在喜山的女孩到了18歲成年後，如果不是嫁人便是出家，可是艾拉的父母非常疼惜她，所以給了艾拉第三條路，當嚮導。

最近幾年來喜山觀光的人越來越多，恰好艾拉從小便跟著祖父在大山裡穿梭，熟悉各處地形，也就是因爲艾拉祖父是一位巫醫，所以才沒有人敢對艾拉說三道四的。

艾拉收到消息已經等在寺廟外門，張天師看她十分貼心便從包裡又拿出一些糖果，讓艾拉

先拿回家給弟妹甜甜嘴。

艾拉看著五顏六色的糖果紙也很開心，山上物資缺乏，糖果這樣珍貴的零食非常少見，她收下糖果並用彆腳的英文說道：「等下經過，可以拿。」

她笑得很燦爛，她已經可以想像的到弟弟妹妹看到這些糖能有多開心。

張天師點點頭，一行人便往小村子走去。

第二十五章 深埋的故事

曾楊曾經有一段美好的初戀，他的出身並不光彩，母親是有錢人家的小婦，從小就被父親的元配當作家僕之子看待。

直到曾楊高中時遇上了一生至愛——吳郝，吳郝家裡經商，是做國內外瓷器貿易的。

在一次曾家宴會中，兩人老套的在庭園相遇，吳郝對曾楊一見鍾情，立即展開熱烈的追求。

早上送早餐、中午陪吃、晚上陪自習，雖然曾楊酷酷的不說話，但吳郝總是能天花亂墜的自己瞎說一通，而曾楊也只要靜靜聽著便是。

曾楊的整個高三都透著溫暖的陽光，吳郝就像是顆小太陽一樣，只要曾楊回頭，就一定看得見吳郝的笑臉。

只是身分上的懸殊，最終他們仍是被各自的家庭反對，甚至曾楊的大媽還譏笑他。

「癩蛤蟆想吃天鵝肉，跟他那不要臉的媽一樣，使勁地就想拖著別人往上爬。賤骨頭，你骨子裡就是發著窮酸味兒，要不是看在你還流著曾家的血，我早把你趕出去了。」

也因爲大媽的拖磨，曾楊的母親早早就過世了，只留下他這個沉默寡言的私生子，獨自生活在這不歡迎他的家。

曾楊也很乾脆，他高中一畢業就去當兵了，對於吳郝，那就是他心裡唯一的光芒，他便將這小太陽深藏心中，並時刻希望吳郝能永遠幸福。

吳郝對於家裡的安排十分不滿，但她被送出國去念新聞傳播，也沒辦法和曾楊有太多聯繫。

直到吳郝大四那年去S國實習重新遇見了曾楊，吳郝覺得自己是全世界最幸運的女生，雖然曾楊並沒有眞的接受吳郝的感情。

但兩人在異鄉時不時的抱團取暖，這日子過得還算充實舒心，直到一場車禍，吳郝被撞成植物人，當吳家人趕到S國時那是萬分悔恨，再看到曾楊簡直就像看見殺父仇人般。

吳母已經哭暈過去了，吳父無力地敲打曾楊。

「都是你、都是你，如果不是遇見你，郝兒根本不會出國，如果沒有遇見你，她根本就不會去買蛋糕……」

「蛋糕？」

曾楊有些恍惚，他看了看醫院日誌上顯示的日期，今天是他的生日。

曾楊打起精神親自照顧吳郝，就算被吳家人怒罵、嘲諷他也無怨無悔。

曾楊每天都幫忙吳郝按摩、餵食、清潔，就算是換個尿布也甘之如飴。

只可惜，吳郝在昏迷的二年後仍是不敵病魔的侵襲，在睡夢中逝去。

吳家對曾楊也沒了一開始的怨懟，反而在曾楊提議要與吳郝冥婚時，吳父、吳母是反對的，他們不想擔誤曾楊的未來，也為當初的霸道反對心生愧疚。

但曾楊相當堅持，所以吳父便找了張天師替吳郝準備冥婚，也就在曾楊和吳郝冥婚的第一天，曾楊看見了活蹦亂跳的吳郝，雖然五官模糊，魂體也無法言語，但曾楊知道那就是吳郝，他當晚哭得像個孩子。

曾楊為了以後可以一直看見吳郝，便向張天師自請為徒，而吳家人對此也是支持的，偶爾能讓曾楊幫忙傳遞女兒的消息，這對他們來說也算是一種安慰，老來喪女那是人生至痛。

張天師感慨他們的愛情，便也答應收了曾楊爲徒，而吳家也就此成爲張天師尋找金字塔材料的最大金主。

只因曾楊希望吳郝能夠成爲淨化怨靈的精靈之一，他想再清楚看一次吳郝燦爛的笑顏，那個記憶中嬌小調皮的開朗女孩……

第二十六章　盡頭的墓穴

張天師拿出一張古老的羊皮地圖，那是上次L市拍賣會吳家透過外交關係拍下的古董，據說那是1200年前唐朝文成公主的墓穴，也正因爲文成是自願下嫁異族的，才讓當時的帝王特別寵愛她。

在文成的小兒子死後，文成便命人建造了母子墓，顯然她是不打算原諒松贊干布，這個將親生兒子扯進政權旋渦的罪魁禍首。

於是才會在自己死後寧願和小兒子合葬，也不願進松贊干布家的祠堂。只因她的小兒子不足10歲，無法進家族宗祠，文成才會另立墓穴，並將地圖畫下送回國都。

張天師也不避諱的將地圖拿給艾拉參考，只因這文成公主墓早早就被元軍盜竊過，現在除了冰靈晶再也沒有其他值錢的寶物。

而冰靈晶則是有緣者才能看到的，它的外型就像普通白水晶，不識貨的人根本不會知道它有多值錢。

根據龍哥師門記載，當有緣人靠近時冰靈晶會從內部閃耀出淡淡藍光，這也就是冰靈晶願意爲你所用的訊號。

艾拉接過地圖不時的點點頭，兩旁的長髮辮跟著一跳一跳的十分俏麗可愛。

「我知道，我知道，那裡。」

艾拉看了看天色，比了個十。

大家便明白她說的是十天後會到。

在十天的辛苦跋涉，龍哥他們終於到達墓穴。

張天師氣喘吁吁：「現……現在只能等……，讓……讓冰靈晶挑選……有緣人。」

龍哥小聲的喘息，在吞了下口水後道：「也好，大家也累了。阿成，起火。」

所有人裡面只有艾拉是臉不紅氣不喘的，她悠悠然的坐在墓地裡，開心的哼唱著。

大家聽不懂她在唱什麼，但都能感受到她的寧靜淡然，這也讓曾楊有些焦躁的情緒慢慢被安撫下來。

一直到了晚上艾拉沉沉睡去，夜深人靜之際在阿成背後閃著陣陣藍光，龍哥怕驚擾寶物便示意阿成趴下不要動。

這時冰靈晶又閃到張天師身邊，正當龍哥要伸手去抓時，它又跳進曾楊脖頸上的項鍊裡。

曾楊驚訝的說不出話，剛要將項鍊打開時，吳郝的形影顯現出來，她一身藍光，五官清晰，看得出是個開朗大方的女孩。

曾楊哽咽的說不出話，張開口想說些什麼又吞進嘴裡，眼眶中含著淚光。

吳郝調皮的跳在他面前，彎下腰歪著頭天真的笑著：「楊寶寶怎麼哭啦？是我太可愛了嗎？」

曾楊抿緊雙唇點了點頭。

吳郝頓時雙手插腰：「楊寶寶騙人，我要哈你癢了喔！」

曾楊吸了下鼻子，再也忍不住自己壓抑許久的心情放聲大哭起來。

張天師見狀，立卽對艾拉打了個昏睡穴。

阿成看得是目瞪口呆，喃喃道：「可眞是鐵漢柔情啊！要有這麼正點的妹子倒追我，我早就上了，還管他什麼家長不家長。把她肚子搞出貨來，還怕她家裡不同意嗎？」

龍哥頭冒青筋，咬牙道：「食屎啦你，你厚實多事！你班仆街，俾我抖下得唔得啊！（吃屎吧你，你眞多事！你這群混蛋，讓我靜一靜行嗎？）」

阿成閉上嘴假裝微笑，然後慢慢的離開龍哥視線。

張天師很是欣慰：「這樣太好了，冰靈晶自動找上吳郝，那我們要造法器可就簡單多了。」

這時薩羅、麗莎還有阿南塔的魂魄都齊聚一堂。

祂們的魂體逐漸發生變化，從淡藍色的光變成白金色的光，不刺眼反而讓人感到身心都溫暖起來。

大約一刻鐘後，祂們才又回復原本的藍光，龍哥喃喃道：「這應該算是一場魂體的升華吧！」

第二十七章　回國閑關煉金塔

在得到三件靈魂淨化金字塔的原料後，龍哥一行人又風雨無阻的趕回臺灣。

剛下飛機吳家人便聚集在機場大門，曾楊剛坐上車，吳爸便迫不及待的要他將吳郝召喚出來，還是張天師說要先回道場再來做召喚，才打消了吳家人的念想。

一行人回到三重民宅間的小道場中，張天師關上所有門窗、拉上簾子後才拿出三樣法寶。

薩羅和麗莎首先出現，再來是阿南塔，最後才是吳郝，吳郝幻化了一件俏麗的小白裙，身上泛著藍白金的光芒，看起來精神奕奕。

吳父、吳母頓時相擁而泣，張天師讓他們一家去到角落團圓，自己則坐在祖師爺神壇前。

他拿出龜殼和三枚銅錢卜卦，這一卦將會決定由誰來製作這靈魂金字塔法器，也將決定由誰來保管它。

張天師鄭重的祭上疏文，靜心焚香請示，口裡喃喃唸著古樸的語言，低沉的腔調。

龍哥和阿龍則是坐臥在一旁，他們這一脈的，從來就沒有這麼多規矩，講究勘破紅塵，自然隨心。

張天師眼睛開二分閉八分，緩緩搖動龜甲。

唰唰唰……

連卜了三次，最終得了個重離卦。

張天師感慨道：「天意啊！阿龍，你是三月三出生的吧！天官賜福啊！」

阿成怪叫一聲：「三月三、離爲火，師父你運氣眞好。」

龍哥似乎一點也沒感到驚訝，從小到大他的運氣一向不錯，當他命犯陰煞時便有大仙相保，來到臺灣又一路順風順水，想造法器，材料便自行出現。

他的人生好像就開了掛，戲劇性的同時上天似也幫他買了保險，遇事總能逢凶化吉，而且通常只要是龍哥想要達成的事，往往都會在不經意間順水推舟的達到目的。

決定人選之後，張天師將所有材料聚集在一間向東的房子，龍哥瀟灑的擺手便自行進去閉關了。

阿成百無聊下便去瘋人院找曾梅。

曾梅坐在瘋人院的小公園裡，她正陪著惠梨佳曬太陽，兩人瞇著眼表情一致的抬起頭看向天空。

阿成搖搖擺擺的晃了過去：「阿姐，曬太陽啊！有好消息了。」

曾梅欣喜的看向阿成：「我就知道，我有預感你一定有辦法帶我們脫離這裡的。」

阿成點點頭：「師父很快就會閉關出來，等他出來後便能淨化那些怨靈了。」

惠梨佳訥訥的看著阿成，歪著頭問道：「美和子呢？她也能原諒我了嗎？」

阿成尷尬的笑笑：「呃……應該吧！」

之後向曾梅使了個眼色，兩人走回辦公室去說話。

「阿姐，她是真瘋？假瘋啊？」

曾梅沒好氣的瞪著阿成：「你說呢？管那麼多，只要她能離開這裡自然就會好了。而我，希望能睡個好覺，我已經有多久沒能好好睡上一覺了啊？」

阿成拍拍曾梅的肩：「先說說阿姐要從哪裡開始吧！從鬧最兇的開始，等妳這邊處理的差不多後，我們再去日本找美和子吧！」

曾梅又拿出她的靈異事件簿：「就……從那個他開始好了。」

阿成一臉瞭然：「阿姐妳是說那個愛慕妳的護花使者啊？」

曾梅翻了個白眼：「這使者給你，你要不要？」

阿成不解的撓撓頭：「可是我覺得祂沒惡意啊！也不算鬧得兇吧？」

曾梅神情懨懨道：「我是算了，反正我希望祂能去到該去的地方，這對祂來說才是好的。而且，或許就是因爲有祂在吧！我的日子才變得那麼不平靜，這就是龍哥說的磁場問題，叫你好好學不學，就知道問。連我這種門外漢都知道，我們這種不同空間的，就是要分開，再這樣互相干擾對彼此都不好。」

阿成想到這裡，才雙手合十的四處拜了拜。

「大哥、大哥，有怪莫怪啊！」

第二十八章　龍哥的大仙

龍哥才剛剛閉關，正拿著師父的設計圖研究，想著先用幾個材質跟冰靈晶差不多的石英跟玻璃練手感。

這時一陣粉煙吹過：「你讓我好找啊！跑了這麼久沒消息，還當不當我是你大仙了？」

龍哥頭痛的晃了晃腦袋：「祖奶奶，我已經不小了，別一直跟著我好嗎？」

祖奶奶露出三條火紅的狐狸尾巴：「說好供奉的，你就買通一個老婆子來祭奉我，嗨！我還想睇你結婚生子咧～」

龍哥垂下肩膀一臉生無可戀：「老祖宗，妳放過我吧！我對那些小妖精一點興趣也嘸。妳擔待先啦！搵我老豆再生一個仔囉（找我父親再生一個孩子）！」

祖奶奶嫌棄的撇撇嘴：「你老豆啊！算了！那我不如再搵人。」

龍哥心裡早知道祖奶奶嘴上說歸說，但狐是不會走的，這不，還在祖師爺神壇下安了窩。

「不過這樣也好，我這邊切割器還不知道夠不夠力。」說完龍哥曖昧的看著祖奶奶笑了笑。

祖奶奶背後一涼，兩隻耳朵不安的抖動了一下。

九天後，祖奶奶趁著陳龍陷入昏睡時，捶著自己的老腰化爲一陣粉煙又悄悄離去。走前還嘟囔道：「要不是看在你是我玄孫的份上……哎！這次眞是拼老命了喔！」

第十天，龍哥從睡夢中醒來精神飽滿，看著放在祖師爺壇前的靈魂金字塔，心裡有說不出的滿足和驕傲。

話說靈魂金字塔的鍛造其實就相當於古埃及的塔石，也就是金字塔頂端的那部分。師門所流傳下來的學說指的是宇宙能量接收器，當然，靈魂金字塔是小型的啦！但也就是那麼小型的金字塔也就夠用了，他們主要也就是藉由這種宇宙能量改變磁場來徹底淨化怨靈。

出關後的第一站，他便和阿成來到曾梅家，曾梅今天沒有上班，因爲從昨天開始她便幾不成眠，眼睛下方掛著深厚的黑眼圈，看起來十分疲倦。

她有氣無力的對龍哥點點頭，便請他們在客廳坐下，自己從冰箱拿出礦泉水招待，實在是，曾梅太累了，什麼也沒準備。

龍哥也不在意這些，他坐下後便開始赤腳感受這邊的地氣，不出所料的，地面十分寒冷，有種透骨的陰森感。

他拿出靈魂金字塔，這裡面的磁場能讓幽魂主動靠近，也省了他費力氣去招魂。

很快，小明便飄了過來。

小明魂體是很明顯的青綠色，看來爲了守護有靈異體質的曾梅，他也是不得不讓自己增強魂體的實力。

阿成率先開口了：「人鬼殊途，你這樣跟著阿姐也不是辦法。」

小明暗幽幽的開口了：「我知道，但放心不下她……」

阿成懊惱的說道：「你難道不知道，你喜歡的那個人應該是小文嗎？是她借用我阿姐的照片去跟你網戀的，這一切都跟我阿姐無關。」

小明仍是暗幽幽說：「我知道，但我忘不了，忘不了曾梅的臉……」

龍哥打斷了阿成接下來的話：「曾梅，妳自己覺得呢？小明是保護妳還是害妳？」

曾梅艱難的喘了一口氣，這氣氛讓她壓抑的不好呼吸：「我知道小明爲我好，也知道祂不是想害我，甚至幫了我很多。但我也不能只自私的想自己，我希望小明能去投胎。」

龍哥看了一眼小明，都說死人直，這傢伙不用問也知道祂怎麼想。

「我這裡有多做的水晶金字塔，別的不說，裡面有些冰靈晶的碎屑。小明進去後可以淨化祂自己的靈魂，甚至有可能自行升華爲精靈。而這個護身法器是我特意爲妳做的，這個安排你們滿意嗎？」

曾梅欣喜的點點頭：「如果是這樣那就太好了，可是，惠梨佳呢？我如果離開瘋人院，那惠梨佳一個人怎麼辦？」

龍哥沒回答，只睜睜的看著小明。

小明緩緩的想了一下，點點頭。

龍哥這時才做法將小明送了進去。

「惠梨佳那裡不能急，我們先做個實驗。帶我們去那個越南籍大姊那裡吧！她一直待在那裡也不是辦法。」

第二十九章　被荼毒的外籍新娘

曾梅帶著他們來到曾經的租屋處，她約了之前的那個仲介，仲介姓吳，是個熱心腸的阿姨，做仲介也只是玩票性質的而已，所以在事情爆發後她也是對曾梅相當愧疚。

無奈這房東已經88歲了，又無兒無女的，好在房東爺爺還有退休俸，所以房子沒租出去對他影響也不那麼大。

吳阿姨早早等在路邊，看到曾梅後面露心疼的感嘆著：「阿梅啊！吳阿姨對不起妳喔！幫妳找這樣的房子，妳最近還好嗎？看妳又瘦了不少。」

曾梅強撐著睜大眼皮：「吳阿姨，我帶表弟來幫忙處理，是之前跟妳說過的那一個。」

吳阿姨點點頭，熱情的拉著阿成的手：「哎呀！那就麻煩你們了，待會兒有空去阿姨家吃飯吧！吳阿姨準備很多好料呢！有蝦啊！早上市場買的，新鮮的很，我放在水槽啊！」

龍哥膽顫的吞了下口水：「等等，吳阿姨，我們先處理事情吧！吃飯下次了，妳如果會怕就幫我們開個門就好。」

曾梅見狀也幫起腔來，她太知道吳阿姨的下一步是什麼了，因爲她有時也兼職相親生意、專業福婆。

在曾梅半真半假的威嚇中，吳阿姨開了門後滿臉不捨的離去。

阿成和曾梅等在客廳，龍哥則拿著靈魂金字塔走向靠近後陽臺的那間房。他一打開門，滿屋子的陰溼潮氣撲面而來，龍哥看著蜷縮在角落的怨靈，她渾身冒著黑紅氣息，比麗莎要實質多了。

龍哥猜想她生前一定遭受過非人的折磨，他召喚出薩羅和麗莎。

「你們有辦法和她溝通嗎？」

麗莎歪頭看了她一眼：「我可以知道她生前的事，至於溝通……」麗莎搖搖頭。

龍哥擺手讓麗莎先與怨靈共情後再說，麗莎緩緩靠近，伸出手放在怨靈頭上。

怨靈叫阮三妹，是從越南嫁過來的外籍新娘。她先生鍾兆是個藥頭，但因爲自己也碰藥的關係，所以賺的錢都拿去買藥了。

阮三娘是鍾兆的母親生前幫他做主娶進來的，可是因爲鍾兆早就用藥用得無法勃起，所以阮三娘當然不可能會懷孕。

但這樣的事阮三娘又不好跟自己婆婆說，好在婆婆還算護著她，也知道自己兒子沒出息，阮三娘的日子也就這樣不鹹不淡的過下去，對她來說在臺灣比在越南好太多了。

但僅限於婆婆還在世的時候，她的公公早在年輕的時候便離異再娶，所以對鍾兆是沒什麼感情的，給他們倆留了兩三棟房子便也算仁至義盡。

鍾兆卻不是那樣想，他還看中老父親的其他房產，便讓自己的老婆阮三娘去勾引父親。阮三娘不肯，鍾兆便下狠手打她，打得她不得不妥協。

但老父親也不是省油的燈，哪有可能跌進這麼拙劣的桃色陷阱？於是鍾兆將目標放在自己同父異母的弟弟鍾麒身上，鍾麒是個老實的孩子，自知讀書不行的他，早早的便跟了師傅學水電。

於是有一天鍾兆便約了鍾麒來家中喝酒，藉口要商討父親以後的照顧事宜，鍾麒不疑有他的赴約了。

就在鍾麒酒醉後，他便給阮三娘也餵了藥，事實上因為鍾兆硬不起來，所以對女人也是沒有什麼興趣的，他知道阮三娘還是處女。

而鍾麒是個老實巴交的人，到現在三十好幾了也沒交過女朋友，所以鍾兆非常確定，這個弟弟絕對逃不出他所策劃的這起仙人跳。

他脫光了兩人的衣服，先是用手指弄了阮三娘，再將體液塗在鍾麒的生殖器上，偽裝他們已經發生過關係的假象後，便獨自裝醉睡在沙發上。

第三十章 逼良為娼害人命

而當阮三娘轉醒後，全身痠軟無力又感到下體有著陣陣疼痛，她看了眼自己赤裸的身體，再看了眼同樣赤裸身體的鍾麒，她便知道一切都完了。

鍾麒被嫂嫂的哭泣聲吵醒，眼見自己酒醉後闖下大禍也是懊悔不已，這時鍾兆假惺惺的從客廳走進來，見狀便威脅鍾麒要將老父親過給他的房產分一半給阮三娘。

因爲阮三娘是外籍配偶，所以就先將房子過到鍾兆名下，鍾麒腦袋昏沉不知該如何解決，也只好聽從哥哥的處置。

迷濛間，鍾麒嗅著指尖的血腥味兒，心中傳來竊喜：「嫂嫂不會還是處女吧？難道，媽媽說鍾兆不能生是眞的？」

他望向瘦小矮黑的阮三娘，突然覺得這個嫂嫂長得其實也有點可愛，鍾麒靦腆的對阮三娘笑著。

在那之後鍾麒便經常來找阮三娘，但這卻引起了鍾兆的反感，便導致了鍾麒來看阮三娘，阮三娘便被鍾兆虐打，鍾麒心疼又來看阮三娘，這樣的惡循環。

終於有一天鍾麒再也忍不住跟家裡攤牌，說明了自己跟阮三娘的關係，還要阮三娘跟鍾兆離婚改跟自己。

這件事在鍾家引起軒然大波，鍾麒的父母一聽便知有貓膩，氣急之下收回所有給兩兄弟的贈與，還改立遺囑說百年後要將所有房產全數捐出。

因爲他們認爲這兩兄弟是被阮三娘玩弄在股掌中，怕到最後他們鍾家的房產終會落到阮三娘這個外籍配偶手上。

鍾兆偸雞不著蝕把米，便把氣都出在阮三娘身上，日日打、夜夜還幫阮三娘拉皮條，逼得她去賣，好給鍾兆買藥。

麗莎看了看阮三娘自盡的前一天，她的身體全身上下沒一塊好肉，菸疤、瘀青甚至還有咬痕，而那個口口聲聲說愛的鍾麒，卻在他母親的安排下又和別的女人去相親了。

在遇上他們鍾家人前，阮三娘又何嘗不是清白人家的好女兒？

那天晚上，阮三娘接完客後，男人的精液順著大腿緩緩流下，她拿了一件被單掛在殘破天花板的橫樑上，走到這一步，她也是沒辦法了，身體的痛，心裡的痛，都讓她沒了再活下去的勇氣。

鍾兆買完藥回到家後發現上吊的阮三娘，心裡沒有任何愧疚，嘴上還罵罵咧咧的，他草草的聯絡了葬儀社，選了最便宜的套餐後便獨自搬了出來。

沒有請師公、沒有人助念、沒有人寬慰阮三娘千瘡百孔的心，她只能日復一日的窩在那個角落，直到有一天，她聞到了香火的味道。

阮三娘只是想找個安靜的地方待下來，她不願意離開！而那時她身上的氣息又吸引了不少和她相同的怨靈，因此才讓曾梅一直活在水深火熱之中。

其他的怨靈畢竟想要的更多，便會聯合起來捉弄曾梅，想藉此獲得更豐厚的供奉。小明也曾加入過這場戰鬥，同樣也吞噬了不少怨靈。

阮三娘，她是最不可撼動的怨靈，或許是生前活得太過窩囊，成爲靈體後她的欲望變得直接很多，她要更多的香火、更多的安慰及重視，所以她只能不斷的想辦法來引起曾梅注意。

小明那陣子防前顧後的，魂體消淡很多，曾梅也是因爲如此才選擇搬家，然後換到惠梨佳住的那間瘋人院工作。

麗莎共情完阮三娘的前生，並以意識傳達給龍哥，她不禁有些哀傷喃喃吶道：「也是個可憐的女人啊！沒有瘋魔也算是了不起了。」

龍哥鄭重的點點頭：「她看來也吞噬過不少魂體，可惜，原來她有可能變成精靈的。」

第三十一章　怨靈的復仇

薩羅飄到麗莎身邊，問道：「後來呢？她爲何沒能成爲精靈？」

麗莎點點頭，魂體有些不穩的震動起來。薩羅擔憂道：「別激動啊！我們這不是來幫她了嗎？」

麗莎稍稍平穩後，便闔上眼簾繼續共情阮三娘的生後事。

阮三娘走後就像投入海裡的石子，激不起一點浪花。鍾麒很快的相親成功，跟一名在補習班教英文的女老師步入婚姻的禮堂。

曾經的風花雪月，耳鬢斯磨，就好像一場夢。

如果只是這樣，阮三娘還不至於變成怨靈，但那可恨的鍾兆因為阮三娘死去後便失去了收入來源，他便想了個損招。

他將阮三娘的死訊傳到越南，騙了阮三娘的妹妹阮玉來臺奔喪，實則第一天便偷偷給妹妹下藥，趁阮玉昏迷之際仲介了嫖客眠姦她，並拍下了阮玉裸身的照片控制她配合賣淫。

這讓原本就有冤難伸的阮三娘更加憤恨，她為了能讓妹妹早日脫離鍾兆的魔掌，便不分日夜的吞噬怨魂來加重自己的怨氣，在她終是有些實質的進化後，阮三娘便開始慢慢蠶食鍾兆的魂魄。

鍾兆從感冒到身體不斷的發炎，再從小病發展到器官衰竭，只用了短短一個月，但阮三娘沒有要了他的命，她在醫院裡每天每夜的瞪著，眼睜睜的看著鍾兆，她要看鍾兆被自己慢慢折磨嚇死的那一天。

鍾兆後悔極了，他不該逼死阮三娘的。如果沒有逼死她，現在自己身邊還有個任勞任怨的傭人可以使喚，不會像如今這樣住院連個看護都請不起。

阮玉也逃回越南了，家裡人只願意幫鍾兆付最基本的住院醫療費用，鍾兆感嘆一聲：「早知道前兩年不應該玩那麼兇，要是跟阮三娘生個孩子，那也就把她拴死了，爲了孩子她也是不敢自殺的吧！」

鍾兆剛坐起身便在病床角落看見一團黑影，他住的是三人房靠窗的床位，其他兩房的病人都早早將簾子拉上，所以鍾兆就是想問也無從確認。

一開始黑影若有似無的團聚在角落，鍾兆皺起眉頭自言自語道：「不會是我眼花了吧？」但又定睛一看，就見有一人影從牆邊浮現出現，瘦小乾黑還只露出一隻眼睛，那瞳孔中的倒影便是阮三娘吊在被單時的樣子。

「啊～啊～啊～有鬼、有鬼、鬼啊！」

隔壁床的老爺爺沒有任何動靜，住在門邊床位的中年婦女倒是眼疾手快的按下護士鈴，然後拿了一本佛經慢慢靠近。

一直到護士前來都沒有看見鍾兆所說的黑影，但卻有實習醫生發現中間床的老爺爺已經過身。

那位中年婦女可能覺得這間病房有些不祥，很快辦了轉房的手續，這間病房最後就只剩下鍾兆一個人，這時的鍾兆才開始感到害怕。

「三……三娘，妳……妳別來找我，我我我……把阮玉的照片還給她，還給她……妳就原諒我吧！」

鍾兆跪在床上苦苦哀求著，他整晚都在按護士鈴，可卻都沒有人前來，原本吵雜的住院部也變得分外安靜，就好像整個空間被隔開了一樣。

阮三娘笑得很輕、很輕，她哼著一首越南童謠，聽起來十分愉悅。鍾兆以爲阮三娘願意原諒他了，還很高興的在病床上向牆角磕頭。

但下一刻阮三娘便出現在他耳邊，而且呼出一口寒氣，她什麼也沒說卻是不停的笑，從輕笑變成淒厲的笑，阮三娘重複說著：「你欺負我……欺負我的人都該死……」

哈哈哈哈……哈哈哈哈……

阮三娘尖銳的笑聲迴盪在耳邊，鍾兆卻已經說不出話來，他捂著心臟的位置大口喘氣，面容痛到扭曲變形。

過了一分鍾後病房外又恢復了往常的吵雜聲，巡房的護士拿著藥杯過來正準備幫鍾兆量血壓。

「啊～醫生！Patient dies!」

第三十二章 成功淨化

眾人回溯到鍾兆死亡的那一刻，阮三娘迅速的吞噬了他的靈魂，也就在那一刻，祂的魂體微微泛著紅光，那是阮三娘喪失自我的開始。

這邊的阮三娘似乎是被打開了不好的記憶，身上的紅光像似水波浪般的浮動。

這時龍哥搖搖頭：「祂已經不清醒了，沒什麼好談的，直接收吧！」

接著龍哥拿出靈魂金字塔，薩羅慢慢靠近阮三娘，薩羅的魂體隱現出上古燃燈佛的畫像，接著發出一束治癒的藍光牽引著阮三娘進到金字塔內部。

龍哥看見阮三娘完全進入後才鬆了一口氣：「法器成功了，接下來就看阮三娘何時能回復到白色魂體。喔！不，只要青色就好，青色也不至於會無故害人了。」

阿成聽到龍哥說話便知道裡面的事已經解決完畢，他得意的對曾梅說：「誇我！誇我！還不快誇我。」

曾梅會心一笑：「好好好，你最棒、最厲害就你了。還不請你師父出來，等下跟你姐夫一起請你們吃飯。」

龍哥面帶喜色的從房間走出：「哈哈！那我不客氣了，閉關將近二星期，天天不是泡麵就是便當，吃得我噁心死了。」

阿成驕傲的抬起頭：「我要吃海鮮，剛剛吳阿姨說的大蝦。」

曾梅輕笑著搖搖頭：「都還像孩子呢！居然就有這麼大本事，要是我不說，誰會把仙風道骨跟你們聯想起來？」

阿成怪叫一聲，頭還不停抖動就像唱大戲的一樣：「仙風道骨有我師伯，我只管吃。」

接著跟被戲子附身一樣，還翹起蘭花指：「阿姐……」

龍哥見狀無奈的搖搖頭，隨便拿了二隻筆夾住阿成的中指道：「出來，妳祖奶奶前腳剛走妳後腳又跟來，我眞怕了妳們了，搵我咩嘢啊（找我幹嘛）？」

一隻紅毛的小狐狸掉了出來，她很快的化爲人型，是一宋朝女子的衣著穿戴，柳葉眉丹鳳眼，眼尾向上挑，看著人的時候似笑非笑的。

「阿兄，還不是你不聽祖奶奶的話，我只有另闢蹊徑囉！」

龍哥做了一個深呼吸，他早該知道的，祖奶奶怎麼可能這麼簡單就走了：「妳想點啊（妳想怎樣）？」

顧娘捂唇嬌媚一笑：「當然是返頭搵過（回頭找過）囉～」

龍哥隱隱有些發怒，他緊握著拳：「能不能別找我身邊的人？」

願娘看龍哥好似眞的生氣了，也吐了吐粉舌：「好嘛！我走，阿兄唔好生氣（大哥不要生氣）。」

原來剛剛一切都是願娘故意捉弄阿成，但也不排除……

總之，阿成只是感覺有些頭昏：「哎！師父別氣了。我快餓死了，先吃飯吧！隨便什麼都行。」

三人飯後來到瘋人院，惠梨佳還是坐在公園裡曬太陽，曾梅說她現在的狀況不定，有時精神很混亂，有時又很清醒。

她用手指轉著自己的長髮，一圈一圈的玩弄著，不知疲倦。

龍哥卜了一卦：「她跟妳不一樣，她不算是靈異體質，只是被怨魂做了記號。」

說完龍哥凌空畫了一個固魂符打進去，惠梨佳似有所感的偏過頭望向龍哥：「你終於來了。」

龍哥微微一笑：「是啊！難爲妳等了這麼久。」龍哥走了過去：「說說吧！麻亞里的故事。」

惠梨佳遙望天空輕柔的嗓音緩緩說道。

麻里亞不過也是個可憐的女人！她想反抗父親的聯姻卻又無能爲力，她以爲只要自己不再清白，或許就能逃離這場政治交易。

但誰知她新婚夜後竟沒有被退貨，麻里亞爲了讓自己灑脫的活下去，只能同意成爲金行父子的禁臠。

其實，美和子是眞的對她很好，她也曾在深夜裡痛苦的懺悔過，甚至她還想過聯合美和子一起殺了金行父子。

第三十三章　麻亞里的轉世

龍哥輕笑：「別費盡心思幫妳前世洗白了，說說麻里亞死後吧！她爲什麼能逃脫美和子？」

惠梨佳自嘲的搖搖頭：「你不信？要我說，女人何苦爲難女人？本就是那些賤男人的錯，不是嗎？」

龍哥站起身拍了拍身上不存在的灰：「妳要再不說重點我就先走了。」

「等等，麻里亞爲了能順利轉世，她，她吞噬了金行隆良跟武一的魂魄。」

麻里亞剛死的時候靈魂被美和子囚在身邊，麻里亞一直求美和子，但美和子就是不肯放她轉世也不願意吞噬她。

每天都要重現當年的畫面，麻里亞卻無法像當年那樣昏睡，她被迫要看著美和子剖開她的肚子、拿出她的子宮，再將裡面的男胎活活摔死。

而麻里亞則是要每天每夜都感受著那樣剖腹取子的痛，和眼睜睜看著自己血流不止瀕臨死亡那瞬間的恐懼。

於是麻里亞魂體也漸漸變了色，整個黑紅黑紅的。太乙見狀擔心美和子再這樣下去會討不了好，卻苦於無法與美和子溝通。

美和子那時已經是烈紅的厲鬼了，神智也不甚清醒。於是太乙才會在隆良和武一死後，將祂們的魂魄交給麻里亞吞噬。

太乙以爲這樣就能讓麻里亞的怨氣消散一些。沒錯，麻里亞吞噬這些狗男人後的確清醒了一點。

所以，她後來附在千鶴的孫女身上逃了出去，麻里亞一離開神社便感覺到美和子對她的脅制少了很多，於是她很快的飄到了隔壁村的佛寺躲藏。

在高僧日復一日的誦經、法事下，麻里亞終等來了投胎轉世的機會，她乘坐蓮花紙床下落地府，也償還了她前世的罪。

聽畢，龍哥沒有言語，自顧自的站起身，他是懶得管這幾個女人間的情感官司，理不斷、理還亂。

淡淡說道：「以後請妳好自爲之，出去後多做善事，還有，我不是曾梅，別對我撒謊，裝無辜那套對我來講沒有用。」

說完拿出小剪刀，也不問惠梨佳便剪了一小段頭髮下來。

阿成和曾梅都沒有靠近，所以並不清楚他們說了些什麼。

龍哥回去後用麻布隨便做了一個娃娃，將頭髮放進娃娃裡面，還有惠梨佳的生辰八字。

阿成好奇的問道：「師父，你這是要做安慰娃娃給美和子啊？你要騙她進金字塔？」

「呵！說什麼騙，是請她進去。」

龍哥一邊做一邊講：「讓你阿姐別跟惠梨佳有多的往來了，她一看就是心機深沉的女人。」

阿成疑惑道：「不會吧！師伯當年也看過她，沒有說啊！」

龍哥嗤笑道：「當年她幾歲，現在她又幾歲？而且她靈魂深處還有一個麻里亞，不是個省油的燈啊！」

阿成聽後點點頭，若有所思問道：「可是師父，你不是說能覺醒累世記憶的人都很厲害嗎？」

龍哥不耐煩道：「是啊！難道惠梨佳就不厲害了？她不就把你騙得團團轉？而且還懂得在潔子面前裝弱勢，你以爲她眞瘋啊？我那固魂符根本就亂打的。」

阿成露出不可置信的表情，像似不敢相信自己師父會這麼胡來。

龍哥正在縫布娃娃，頭也不抬的說道：「你還是先擔心自己吧！我看願娘是賴上你了。」

阿成擺手無所謂道：「我沒差啊！反正我對毛團沒興趣，看看誰先被誰煩死。要比說廢話我還沒輸過誰呢！」

龍哥不知想到什麼也笑了出來：「你不怕到時候願娘整你，或是直接帶祖奶奶來找你？」

阿成無賴的說道：「沒差啊！我就是翹不起來，她們又還能拿我怎樣？」

第三十四章　美和子進金字塔

過了半個月後，阮三娘的靈魂才漸漸轉爲青煙色，龍哥顯然對此非常滿意。

這次去日本，連張天師跟曾楊也一起參與，前者是以防萬一，後者也是以防萬一，不過擔心的對象不同罷了。

到達日本後他們在神社遇見了意想不到的那個人——潔子。

潔子穿著純白的和服，烏黑的長髮上只簡單的別了一朵小花，她看起來分外平靜。

她闔眼語調低沉道：「給我吧！我來勸美和子，其實她也陷在自己設的地獄中無法自拔，非常痛苦。我不知道惠梨佳，呵！或者是麻里亞對你們說了些什麼，我只知道他們不僅僅是全體背叛美和子那麼簡單。」

美和子當年是等級最高的巫女，她已經可以和神靈結婚了，都是因爲金行隆良陷害美和子的父親，害她父親賠了官家一大筆錢，欠下巨額債務，才逼得美和子除去巫女的身分下嫁。

金行家本來承諾過此生只娶美和子一人，是以做爲讓美和子嫁進來的條件，不然一般巫女結婚都是要男方入贅的，這是對神靈的尊重，可是美和子爲了要下嫁給這骯髒的畜牲，居然就這樣放棄了自己的修爲跟身分，金行家竟然還不滿足，和自己的親家、媳婦幹出這種下流的醜事，武一這個做丈夫、做兒子的還幫著父親遮掩。

這叫美和子情何以堪，隆良惱羞成怒下還砍斷她的頭顱。他們沒有好好安葬美和子，而是將她的頭顱放在茅廁靠近糞坑的地方。

「同爲修道之人，你們難道忍受得了，不變成怨靈？憑什麼麻里亞就能得到厚葬、就能有高僧爲她唸經？又有誰注意到，當初的神司安葬的只是美和子的身軀而已？是金行家先違反諾言的。」

龍哥站出一步首先靠近，這時潔子手上拿著玉扇召喚式神太乙。

「別緊張，我讓太乙出來，祂也算是從中國來的。」

阿成小聲嘟囔道：「我們是從臺灣來的，龍哥是從……」

龍哥回頭瞪了阿成一眼，阿成才縮著脖子禁了聲。

太乙穿著傳統服飾從結界的另一頭進來，祂看向龍哥一行人心裡已然有數。這十年來美和子越發瘋狂，惠梨佳也被折磨得只能住進瘋人院。

其實這是一場兩敗俱傷的局，太乙也早想將其結束。

「呵！我等你們好久了。來吧！我和你們一起進去，潔子也一起。」

潔子皺起眉頭道：「這麼多人，美和子會不會……」

太乙搖搖頭，眼神中滿是情深繾綣：「我和她一起，她就不會怕了。」

張天師拱手道：「太乙眞人高義，分了一魂穩住美和子的心神，我們儘快吧！讓眞人也早點進去金字塔裡固魂。」

話落，一行人便進入神社內的房間，美和子雙眼無神的哼唱著童謠，頭慢慢轉了180度的晃向門口：「你們來了啊！找到了嗎？找到那個背叛我的人了嗎？」

太乙飄上前伸出手道：「找到了，我們一起去吧！」

正當兩人要飄進金字塔淨化的藍光時，阿成不小心撞了龍哥一下，那個代表惠梨佳的布娃娃就這麼被撞了出來。

美和子突然陷入瘋狂，她的頭髮根根豎起，眼瞳泛紅，凄厲的怒吼道：「騙我、你們想騙我……」

龍哥一緊張，他拿起娃娃就丟進金字塔裡，美和子見狀便飛奔而去，太乙這才鬆了一口氣，對龍哥微微點頭後便往金字塔飄去。

潔子憂傷的看著祂們進去金字塔，微微嘆道：「終於結束了嗎？我的祖靈啊！妳終於可以安息了嗎？」

第三十五章　得到寧靜

張天師有些感慨道：「沒想到太乙居然流落到日本當了陰陽師的式神。」

潔子頷首道：「1500年前，日本曾經有過陰陽師之亂，有許多陰陽師跑到東南亞發展，那時候就是這間神社的神司發現了太乙，這神司早年跑到東南亞時，發現和別人鬥法失敗的太乙，那時太乙的怨氣深重，但神司看出了太乙和他一樣，曾經同為修道者。出於惜英雄重英雄的感情，神司便將太乙轉換為式神，並令我們這些後代日夜供奉祂，而太乙也會幫忙保衛這一方水土。本來，美和子約定好要做太乙的新娘……」

潔子抹了一把淚：「啊！不，這樣也好，畢竟要當守護一方的怨靈也很累的。祂們可以平靜的在一起，是再好不過的事。」

龍哥認同的點點頭：「怨靈也好、式神也好，都要用自己的魂體能量去撐起結界，的確是夠累的。」

潔子示意讓大家離開房間，在送龍哥離開前，她冷冷說道：「請轉告惠梨佳，我們兩不相欠，以後也不必再聯絡。」

回到臺灣後大家又開始了各就各位的生活，龍哥還是做他的推拿師有空兼職看看風水。而阿成回到黃譽民的公司繼續跑工程安裝，阿志則是轉職跑去賣便當。

靈魂金字塔一般都供奉在祖師爺壇前，由張天師和曾楊保管，同時他們也更加認眞經營道館，因為他們發現有信衆香火拜過後，靈魂金字塔會變得更加閃耀明亮。

薩羅和麗莎也修為藍色精靈，沒事祂們也會去信衆家走走看看，更多的是體會世間百態。

阿南塔一如既往的安靜，祂只想守在《貝葉經》旁參悟佛法，這也是唯一不願離開金字塔的精靈。

而吳郝則是完全相反，她是待在金字塔一刻都嫌皮癢，每天都跟在曾楊身邊做他的幸運女神，無一例外，只要曾楊去消費，發票總會莫名奇妙的中獎，常常被阿成戲稱是被精靈包養的男人。

而阮三娘也在淨化怨氣後再度轉世超生，現在金字塔裡只剩下沉睡的太乙和美和子，祂們手牽著手安靜的躺在一起，日子久了祂們漸漸融合在一起變成一顆靈球。

張天師說那是因為祂們的靈魂都太古老了，在這個世間存在太久，累了！所以不願意再去輪迴。

曾梅換了一個工作，她和老公開了家小店賣些麵食、韭菜盒子跟小菜等，生意非常不錯。

而惠梨佳，她回到日本去找潔子，但潔子始終不願意再見她，兩人之間似乎有著什麼奇妙的糾葛。

就在日子過得異常平靜時，祖奶奶帶著願娘來找阿成，阿成痞痞的在兩隻狐靈中周旋，使得最後祖奶奶耐心用盡只能再去磨著龍哥。

龍哥爲了人狐的血脈大業只能再收一個傻徒弟進來，傻徒弟就叫二傻，是個年近三十的魯蛇。

秉持著「是個異性就好」的原則，二傻歡歡喜喜的迎娶願娘，也讓祖奶奶如願抱上重重重孫。

這天阿成突然想起什麼，和龍哥請了金字塔來到小柔逝世的山谷，阿南塔口誦佛經，面容莊嚴肅穆，他們花了三小時才淨化這片土地，願這山谷往後不再有怨氣滿盈。

接著又去了學校、隧道等曾梅遇過靈異的地點，最後一站是那間汽車旅館，也就是阿成冒犯的那個怨靈。

再見王宗翰，他仍是黑的跟墨汁一樣，龍哥這次也不跟他囉嗦了，直接讓阿南塔將祂拉進金字塔淨化，只是偶爾還聽見祂叫罵著幾句髒話。

「你他媽放我出去，老子最煩佛經……」

說是這麼說，但靈體倒是很誠實的乖乖變色，當王宗翰退到身上閃著淡藍色的光時，阿成很是疑惑。

龍哥淡定的說道：「有什麼好奇怪的？當兵的有救過災那也不稀罕啊！」

阿成若有所思道：「這樣也好，祂還能看著小南長大。」

這天師徒兩人在擎天崗上吹著風聊著往事。

「師父，你怎麼不給我找個師娘呢？」

龍哥用中指彈著阿成的鼻子：「又廢話！」

（第三部完）

第四部　降魔杵

第一章　失蹤的交通部長

「交通部長在捷運站視察時突然失蹤，警方不排除這是遭受境外勢力的綁架，目前還不確定這和恐怖份子是否有關。以上是本臺記者，在臺北捷運為您做的專題報導！」

「欸，這臺北捷運還真有點邪門啊！上次不是說有幾個高中生在火車站那站迷路？」

「什麼，不止啊！我有個親戚在西門站……」那男人壓低了嗓子，左右瞄一眼，見沒人注意到這裡才又緩緩開口。

「上次那個臥軌的商人也就罷了，你知道，還有個女老師在廁所用鞋帶……」說完他吐了吐舌頭，還翻了個白眼。

與男人同行的朋友瞬間打了個冷顫，用力搓著手臂上冒出的雞皮疙瘩。

「別說了！挺邪門的。之前不是還有個老太婆，她在車廂裡一直唱歌，然後唱到捷運站門口還不停的唱，唱到喉嚨都啞掉。」

「這，我聽說啊！好像是他們動工的時候，挖到不該挖的東西。」

「啥東西啊？」

「骨骸！」

「什麼骨骸啊？」阿成湊到兩人中間，張著圓溜溜的大眼睛眨巴問著。

那兩人嚇了一跳，其中一人左右張望一下，在確定沒有人會關注這裡後，終是小聲道：「同學！你可別說是我講的。那骨骸啊！是日治時代的東西。我親戚在值夜班的時候還看見過呢！是個女學生……」

「哦！是這樣啊！師父、二傻，你們怎麼看吶？」阿成大喇喇對靠在他後背的二人問道。

「欸！兄弟，你可別外傳啊！出了事，我是不會承認的。」

另一名同行的朋友眼看事態不對，很快丟下男人自己離開便當店。

「有什麼好怕的，新聞都報出來了。我看哪！那交通部長凶多吉少。」龍哥掐指一算道。

那男人打量了一下師徒三人，小心翼翼試探道：「你們，不會是驅魔人吧？」

「是，是，是道士！」二傻吞吞吐吐道。從他娶了願娘後，說話不時就有些結巴。

「道士？你們不會想騙錢吧？」男人防禦的雙手插胸，挑眉道。

龍哥瞬間被氣笑，搖頭道：「隨便你吧！我已經算出來那潘部長人在哪裡了，西北方的角落裡，很多電，應該是機房。快去吧！晚了人就要斷氣兒了。」說完便站起身準備離開。

阿成帶著二傻跟在龍哥身後：「師父，等等我啊！」

「不識好歹！」他轉頭對那男人說道。

「不……不識好歹！」二傻跟著阿成臭道，還皺了皺鼻子。

龍哥來到摩托車旁，歪頭點起一支菸。「喂！師兄，上面的有找你嗎？對，捷運站的事！好，我帶阿成一起過去。」

接著他對二傻道：「願娘快生了，你明天回香港去陪她。這邊的案子和你犯沖，別跟了。」

二傻有些不情願，雖然他早知道龍哥會收他是爲了願娘。

「師……師父，爲什麼啊？」二傻有些沮喪道。

「嗯！底下的動靜，跟妖有關。」龍哥瞄了二傻一眼，眞不能讓他跟。

二傻聽到這裡也知道了，他和願娘是向上天示咒結契的夫妻。要讓其他妖……不，是大仙知道，保不齊又會央他娶個小的。可他家那隻三尾狐也不是個好惹的。

想到這裡二傻哪還敢再留下：「好，我……我……明天回香港。」

阿成嘴裡叼著牙籤：「師父，師伯那裡怎麼說？」

「還能怎麼說？要是上面信這個，還會出那麼多事嗎？你說，現代社會什麼最好用？」

阿成意會到龍哥的想法，賊賊一笑道：「師父，你好壞啊！」

龍哥無所謂的扭扭脖子，將手裡的菸掐滅。「這叫審時度勢！走，找個文筆好的記者去。」

二傻一臉可惜的看著師父和師兄離去，這還是自他出道以來遇上的第一個案子！

第二章　不能說的祕密

龍哥來到巷弄間的一處舊華廈，熟門熟路的進到房間裡。阿成沒看到人，還以爲師徒被耍了，正要開口時，只見龍哥拿出一支錄音筆，將剛才聽見的事情徐徐道來，接著便又帶阿成悄悄離開華廈。

這跟阿成想像中你來我往、唇槍舌戰不同，一切都發生在悄無聲息間。

「這就好啦？」

「不然你想怎樣！」龍哥挑眉問道。

阿成把嘴閉緊，心想，果然自己還是太單純了啊！

果然不出龍哥所料，新聞稿出來的同時，那邊張天師的電話隨之響起。雖然他人在香港，但仍然將自己的師弟陳龍，推薦去給市政府。

只是此事要在暗中進行，不然怕要引起更大的社會動蕩。

於是阿龍便在晚間12點，帶著阿成來到停運的北捷門口。

「好樣的！全是濃濃一股畜牲騷味。」龍哥捏了捏鼻子道。

「欸，這是狗狗的味道啊！」阿成興奮的東嗅西嗅。「師父，你說我能不能降伏一隻嘯天犬來玩？」

龍哥不耐煩的給了阿成一個頭搥：「想什麼呢？這畜牲搞不好害過人命。」

「師父，不帶你搞種族歧視的。之前麗莎也幹掉很多人啊！你還不是淨化了祂的魂體？」

阿成癟嘴不滿道。

龍哥翻了個白眼：「你是眞不看書啊！人有三魂，畜牲只有二魂。人有辦法聚魂講道理、畜牲能嗎？你跟他汪汪汪啊！」

「爲什麼不是喵喵喵，不是呱呱呱，一定是汪汪汪？」阿成斜眼瞥著龍哥道。

龍哥嗤笑一聲：「那麼大一股狗騷味兒，你鼻塞聞不出來啊？剛剛還說嘯天犬來著。」

阿成裝沒聽見龍哥鄙夷的話語，自顧自的尋找他心目中「神獸」的蹤跡。嘴裡喃喃道：「聽說，祖奶奶也是『畜牲』來的。不知道祂老人家聽見『不孝子孫』這麼說祂，心會不會寒呢？」

「臭小子，祖奶奶是得道的大仙，跟這種妖獸怎麼能一樣？」

這時接引的處長剛剛前來，他忙得一頭是汗：「陳先生，我們長話短說。張先生說你有辦法幫我們找到潘部長。」

龍哥看了那處長一眼：「你交通部的啊？潘部長失蹤那天，你跟在他身邊？那天發生了什麼？」

那處長有些咋舌：「這，沒必要說吧？」他有些心虛的拿出帕子，抹去額角的冷汗。

龍哥搖搖頭：「這麼不老實？我不跟你說了，換個人來吧！」

這時北捷總經理才匆匆趕來：「抱歉！抱歉！最近事情太多，來晚了。陳先生先到我辦公室，我們慢慢聊。」

那站務處長一副有苦難言的倒楣樣子，躊躇了好一會兒，最後還是咬咬牙跟了上去。

進到辦公室後，龍哥和阿成逕自坐在沙發椅上。

「說吧！不說怎麼幫你們？我看，從女老師上吊那件事開始說吧！」龍哥大馬金刀的坐著，強勢問道。

總經理抿了抿嘴唇，好一會兒才又開口：「這，恕我冒昧！陳先生，女老師上吊，跟潘部長失蹤有關嗎？」

阿成不耐煩的嘖嘖二聲：「怎麼會沒關係？沒關係請我們來幹嘛？總得弄清楚是哪方怨鬼

不是？」

總經理面露無奈：「這些事都沒上新聞，你們又是怎麼知道的呢？」

「一直以來，捷運上出的怪事還少嗎？要是沒害人性命，我還懶得管呢！但最近出事越來越頻繁，也代表那血煞越來越兇。要是讓它跑出去，這後果不是你我就能承擔的。」

總經理揉了揉額角，苦惱的皺著眉：「那個女老師是五年前新聞裡的那個，就是性侵男童懷孕的那個。」

「法院不是還在審理嗎？」阿成驚訝道，他根本沒想過，死者會是那件驚世大案裡的女老師。

第三章　誘姦男童的女老師

既然事情都已開了一個口，總經理便繼續說道：「那女老師跟男童家長要了高額的贍養費，據說，女老師聲稱她和男童是上輩子的夫妻，有七世情緣。法官當然不予採信啊！但孩子已經生下來了，又確定是男童的孩子，所以……」

「所以女老師一直上訴、一直拖，是這樣嗎？」龍哥問道。

「我們不是警察，也不是檢調單位，哪能知道這麼清楚啊！」總經理煩躁說道。

龍哥見狀，便猜到事情應該不止這麼簡單。

「那……臥軌的那位呢？什麼來頭？」

後面跟進來的處長面如槁灰道：「他……是食品加工廠的老闆。」

「欸！很耳熟啊？」阿成掏掏耳朵道。

「當然耳熟啦！那被性侵的男童家裡，不就是食品加工廠嗎？」龍哥戲謔道。

兩人一搭一唱的，讓總經理和處長的臉色越發鐵青。

「再讓我猜猜，那臥軌的大老闆，怕是跟潘部長頗有交情吧？」龍哥摸了摸自己下巴，狀似疑惑道。

阿成誇張的眨了眨眼睛：「師父，那大老闆是不是姓蔡啊？就兩年前賣黑心腐肉的那一個？」

「你說的是把過期肉切割冷凍，再加工做成重組肉的那個黑心蔡老闆啊？」龍哥邪氣一笑：「聽說，跟我們潘部長是姻親呢！」

事已至此，處長和總經理也知道這事是絕對瞞不下去了！

「……潘部長就是因爲他小舅子臥軌身亡，所以才特意來巡視北捷的。據潘部長的了解，他小舅子，也就是蔡先生，是絕無可能臥軌自殺的。最有可能是被人從後背推下的，或……」

「或是被女老師牽魂自己跳下去的，是嗎？」龍哥戲謔笑道。「你們怎麼想的？都懷疑到這分上，居然還不趕快請天師來處理。你們那點破事，老子還不想管，沒興趣管呢！」

阿成捂嘴偷笑：「師父，他們哪有不處理啊？只是沒請對人處理罷了，你瞧瞧他們胸前的佛牌。」

龍哥看著總經理和處長手忙腳亂藏起掛著的佛牌，不屑道：「佛祖有保祐你們嗎？有保祐這裡也不會怨氣叢生了。出來吧！我們一到你就跟著了，有什麼訴求說出來聽聽。」

這時大家才順著龍哥的視線，看到一隻非常巨大的黃狗從天花板跳下，有著尖牙和利爪，蓬鬆的黃毛讓牠看起來又有些像獅子。

阿成克制住自己蠢蠢欲動的手，卻壓不住臉上掛著的笑意。

「狗狗乖啊！我們是好人，絕不會隨便傷害你的。」阿成慢悠悠湊了過去，伸出食指往大黃頭頂一戳。

「啊啊啊！就是這個觸感。」

龍哥無奈又頭痛的拉開阿成：「祂是妖！」

「那又怎樣？祖奶奶還不是妖修成的仙。」

「祂傷過人性命了！」

總經理聽到這麼說，立即奪門而出。處長則是腿軟的癱在地上。

大黃無所謂的打了個哈欠，又甩了甩一身蓬鬆的黃毛。

「別妖啊、畜牲的叫！你娘難道就不是狐狸精變的？要我說，你還算雜種呢！」

龍哥這爆脾氣，哪能讓這隻黃毛狗這樣埋汰，立即拿出五雷印就要往大黃身上打去。

可大黃也絕非善類，祂張開血盆大口，露出利齒，準備蓄力，好像下一秒就要往上撲殺獵物般。

阿成心疼大黃，也不想龍哥受傷，便衝到大黃面前跟龍哥求情：「師父，哪有你這樣的啊？連金字塔都沒拿出來就要收了祂。你看！祂一定是有苦衷的，畢竟狗狗永遠是人類最好的朋友啊！」

大黃愣了一下，濕漉漉的大眼睛盯著阿成看。忽然一陣口琴聲傳來，大黃轉眼便消失不見。

龍哥氣急敗壞道：「你怎麼不看著點，好不容易把祂引出來的。」

阿成可憐巴巴道：「師父！原來你是故意的啊！」

「廢話，要不激怒祂，你上哪去找狗妖啊？眞笨啊！仆街仔。」

龍哥收起五雷印，喃喃道：「這不行！對祂沒用。要去請降魔杵才行。」

第四章 日治時代的骨骸

來不及逃跑的處長此時膝行跪爬著，朝龍哥的大腿抱去。處長的直覺告訴他，必須緊緊抓著龍哥才能覓得一條生路。

「我說，我說！陳先生可得把那『五雷印』賣給我防身。」

龍哥看著滿臉鼻涕眼淚的處長，這樣的中年男人實在讓他倒盡胃口。

「別吵，五雷印是老子祖傳的靈寶，你是何德何能擔得起？撒開，你鼻涕都沾老子褲襠啦！」

阿成在一旁捂嘴偷笑：「誰讓你瞞我，害我的大金毛跑了。」

「什麼大金毛，明明是一條土狗。」龍哥皺起眉頭嫌棄道。

「我不管，師父要賠我大金毛，祂就是我的大金毛！」阿成難得任性道。

龍哥兩手一攤，無奈道：「好好好，我怕了你。先把這什麼處長的弄開。」

阿成這才拿了張「淨神符」指尖燃起真火，他將符燒盡後的灰和杯水一起攪和。他都還沒說什麼，那位處長便迫不及待搶去杯水，一飲而盡。

「欸欸欸～那不是給你喝的。」

原來阿成是打算用符水撒上處長的三把陽火及頭、雙肩處。哪料他竟拿去喝了。

「算了，大不了就拉一天肚子。這下你該好好說說這是怎麼回事了吧！」龍哥又坐回沙發，翹著二郎腿。

或許是心理作用，處長也沒一開始那樣害怕，便開口將他所知盡數托出。

「一開始是賴姓女老師，她在捷運站的廁所用鞋帶上吊。我們都覺得是因爲五年前的那件案子，賴老師自知打不贏或其他因素，所以才上吊自盡。也就是她知道，這蔡老闆跟潘部長是姻親關係。……嗯……這個，反正就是賴老師誘姦自己學生，最後還懷孕產子，反過來跟蔡老闆要贍養費，然後……」

「然後被潘部長知道了，所以就威脅她？是嗎？吞吞吐吐的，在死之前無大事啊！處長，都到這時候了，你還要隱瞞什麼？工作重要還是自己小命重要？」阿成看龍哥臉色不悅，處長又一直顧左右而言他，這才出聲好好敲打敲打。

「說些我們不知道的吧！」

處長咬了咬牙，他就怕到時候就不止是丟工作這麼簡單。

龍哥見狀便丟了一塊護身玉過去：「這玉你掛在身上，關鍵時能保你一命。無論是人是鬼，這絕對有足夠時間讓你想退路。」

阿成也拿出一張紫雷符：「便宜你了，拿著吧！這符連人都能轟，緊急時候用你的血當引子就能用。」

處長收了兩樣保命的寶貝，瞬間像是吃了定心丸。他將佛牌交給阿成後，便開口緩緩道來。

「潘部長去泰國請了阿贊，好像是對賴老師下了降頭，還是請了小鬼我不知道。但潘部長和蔡老闆去泰國不久後，賴老師就自殺了。接著就是蔡老闆，他之前的案子，你們都知道。就是罰款，而且公司負責人也不是他，所以連坐牢都免了。

蔡老闆臥軌之前，他手機Line群組裡還顯示，他要員工將切好的腐肉從五股運到宜蘭的冷凍庫，過陣子再摻和化學添加劑做成火腿外銷。蔡老闆這是怕再被舉報，所以才把加工食品都銷往緬甸、越南。我就知道這些了，其他的我都不清楚。」

龍哥覺得奇怪，這就算是降頭或古曼童害命，也不一定非得在捷運站啊！是有什麼吸引著它們嗎？還是說裡面仍有祕密？

阿成或許也是想到這一層，便開口問道：「那之前呢？捷運站上的靈異事件那麼多，你們怎麼處理？」

處長這會兒也不藏著掖著，直接了當說道：「好像在1988年捷運動工的時候，有挖出日治時代的骨骸。據說是一隻土狗的，好像還有一個小女孩的。那時候也沒人在意，就在檢驗過後就直接送往第一殯儀館。可是，就在運送途中那些骨骸都不見了。之後就偶爾有些靈異事件，但都是小事，不嚴重的。」

「什麼小事？例如呢？」龍哥問道。

處長回想了一下：「哦！就曾經有在捷運站上吐口水的大叔，莫名其妙的在捷運門口唱了一天的歌。然後還有髒兮兮不洗頭的阿嬤，她就像抽筋一樣在車廂裡不停的跳舞。再來就是最近的那些學生了，他們調皮的把車廂當健身場，之後在捷運站上迷路一整天，一直到隔天早上5點他們才走出捷運站。」

第五章　降魔杵物歸原主

阿成聽到這裡噗哧笑了出來：「啊！不愧是我的大黃，好樣的。師父，你看，我就說狗狗是人類最忠實的好朋友，大黃怎麼可能會作惡呢！」

聽到這裡，龍哥也知道是自己誤會大黃了。

「走吧！先去借降魔杵，晚上再過來。處長，你好自為之啊！我若是你就盡快離職。」

處長不住點頭，打算從明天就開始請假，然後申請提早退休。「好像家裡附近的早餐店正在頂讓……」處長已經開始規劃起人生的下一步。

兩人開車來到苗栗山區，阿成問道：「師父，什麼是降魔杵啊？」

「那原來是古印度的兵器，後來被藏傳佛教拿來破五毒，有些喇嘛還會用人骨來做降魔杵。」龍哥一邊開車一邊狠狠咬了口三明治。

阿成若有所思：「五毒是貪、嗔、癡、慢、疑嗎？」

「是，傳聞說降魔杵代表智慧、毅力、慈悲、力量。我們這次要借的是三稜帶尖，中段刻有三個佛頭的降魔杵。佛頭對應的分別是笑面、怒面還有罵面。」

「師父，那他們一定會借嗎？」

「當然啊！那神木可是我們祖師爺送他們的。怎麼可能不借？除非他們不想在臺灣傳道了。」

阿成拍了拍自己的小心臟，暗忖道：「還好，還好是神木。要真是人骨做的……」噁～阿成打了個冷顫。

「嘀咕什麼呢？下一個休息站換手啊！」

「師父，那降魔杵有多長啊？」

「嗯，長8指，這能破除魔怨。我怕是……算了，到時候再說吧！」

「師父，哪有話說一半的？」阿成擠眉弄眼道。

「你聽過檳城鬼王嗎？他爲了錢，可是什麼活都接的。包括下降頭、害人性命……」龍哥面色凝重道，如果可以，他是千萬個不情願和鬼王對上。

阿成也開始嚴肅起來：「師父，你是說，他們不止是去泰國請佛教，還到檳城請鬼王辦事？」

龍哥長吁一口氣：「希望不是，不然那可就麻煩了！」

兩人來到「桑耶寺」，阿成看到一位穿著喇嘛服的僧侶來接引。「上師已經吩咐過了，你們跟我來。」

接著就帶龍哥他們來到佛殿。

「上師有說，這降魔杵不用借，就當物歸原主。本來這神木也就是你們始祖流傳下來的。」接著乾脆的將降魔杵交給阿成：「我看聖物與你有緣，在你身上它能發揮的功效更大。」

阿成看了看龍哥，他點頭同意了這個說法。兩人拿著降魔杵便又風塵僕僕的趕回臺北。

「師父，那喇嘛怎麼說我和降魔杵有緣啊？」

「你把它跟你媽給的五帝錢一同掛在脖子上吧！他們佛家最講究因果緣分，既然他這麼說，一定就有其中道理。」

阿成聽龍哥這麼說，便也將降魔杵和五帝錢掛一起。剛靠近心口時阿成便有種奇特的感覺，有股暖流從頭頂百會灌入。

午夜的北捷，總經理早早迎在門口等候，處長卻不見身影。

「陳……陳大師，你可來了！今天捷運上發生隨機傷人事件，你沒看新聞吧？那犯嫌說是有人在他耳邊說話，叫他將練習廚藝的片刀拿出來砍人。幸好站務人員發現的早，不然……陳大師，你可要想想辦法，救救命啊！」

阿成不屑道：「早幹嘛去呢？現在才來抱佛腳。」

龍哥打斷阿成的嘮叨：「你胸前的佛牌拿給我看看。」

總經理慌張的將佛牌摘下：「給、給，劉處長的也在陳大師那裡吧！這，這不會是陰物吧？」

「你不知道？」龍哥挑眉問道。

總經理忙搖頭：「這是潘部長在賴老師上吊前就送給我的，說是……」總經理心虛的低下頭：「說是能升官發財……」

阿成捧腹笑了起來：「你這個蠢貨，這種來路不明的佛牌你也敢戴？」

「我看他不是蠢，是貪！」龍哥斬釘截鐵道。

第六章　困在北捷的冤靈

龍哥拿起佛牌氣笑了：「這是用女性經血供奉的陰牌。」說完便拿出靈魂金字塔，用角尖將佛牌的玻璃罩砸碎。一股腐爛惡臭瞬間擴散開。總經理掐著脖子不停做嘔。

阿成皺起鼻子，好像這樣就能聞不到那噁心惡臭。龍哥繼續將佛像背面的土塊砸開，拿出骨灰、毛髮和符捲。

「真是怕什麼、來什麼，傳聞檳城鬼王的降頭術都是從泰國學成的，又摻雜了馬來西亞當地巫術，自成一派煉就御鬼術。這佛牌不是他的手筆也像似他的手筆，莫非，鬼王在臺灣？」

阿成皺眉道：「在臺灣？莫非，師父，我們從古曼童開始找起吧！或許能有些線索。」

總經理打斷兩人的談話，雖然感到害怕，卻仍是硬著頭皮問道：「陳……陳大師，現在當務之急是找出潘部長。」

「急什麼！我這不就來了嗎？阿成，呼喚你的大黃出來吧！」龍哥撒了些從「桑耶寺」拿來的煙供粉，香煙裊裊燃起，去除了辦公室裡的腐屍味。

阿成雙手合十，拿出請魂符心裡默念召喚著。不一會兒功夫，一個穿著制服的女學生帶著大黃緩緩飄來。

「不好意思，大黃給你們惹麻煩了！」紀珊緩緩開口道。

龍哥看了眼紀珊：「藍色精靈，妳可以離開這裡的，爲什麼不走？」

大黃呲牙裂嘴道：「你是什麼人啊，憑什麼趕我們走？這裡是我的地盤，我們先來的。」

「大黃！」「大黃。」阿成和紀珊異口同聲的阻止祂對龍哥咆哮。

紀珊面帶愧疚道：「抱歉！大黃不是有意的。實在是我母親被困在這方寸之地，我不忍心放她做孤魂野鬼，才和大黃一直守在這裡。大黃是調皮了些，但從無害過人命。最近幾起命案絕非大黃所爲。」

龍哥點頭：「我們知道，已經有些頭緒了。那妳們知道潘部長的下落嗎？」

紀珊搖頭：「我不知道確切位置，但能感覺到那裡有結界封印住。或許，潘部長就在那裡。」

龍哥直覺那處就是潘部長的葬身之地，透過梅花易數他早已算出潘部長的小命休矣。這也是爲什麼龍哥沒有急迫尋找潘部長的原因。只是那處被結界封印，就是龍哥也難以透過易數算出。

總經理早被大黃嚇得蜷縮在角落，阿成也懶得管他，逕自開門讓大黃替大家領路。

大家來到西北方一處機房，阿成轉了轉把手發現房門無法開啟。龍哥讓阿成拿出降魔杵來破除魔障。只見阿成將降魔杵拿出，往機房畫了一道除魔咒打出。原本凝結沉重的空氣像是瞬間滲入活水，機房的門自動打開。

盡入眼簾的是潘部長的屍體，屍水流了一地，伴隨著臨終前的屎尿。周圍的牆壁上都是抓痕，還有斑點血跡。潘部長的指甲蓋都已掀開，十指上的血漿乾涸黏和著油漆、水泥。由此可見潘部長死前的求生意志是相當堅定的。

「報警吧！」龍哥長吁一口氣道：「不能再瞞下去了。」

大黃眼見他們要找的人已經尋獲，也不管那是死人、活人，便邀功似的像阿成靠近，或許是犬類的直覺告訴祂，這個男人是眞心喜歡自己，且絕對會幫助他們的人。

「喂！人已經找到了。那你們能幫幫我主人的母親嗎？她的屍骨被困在捷運站的廁所，有高人故意將她封印住。」

龍哥無奈的點頭，他早知道這大黃也是個麻煩，但耐不住自己徒弟喜歡。做爲一個護短又寵徒的師父，除了幫阿成將這隻大黃馴服外也別無他法。

阿成興奮的擼著大黃：「你說，你說，我能幫的絕對會幫你。」他滿足的將臉埋在大黃脖頸處，狠狠猛吸幾大口。

「就是這個味啊！好幸福！」

龍哥看不過眼，這倒楣徒弟實在傻得沒眼看。

「快啊！晚點我就要反悔啦，衰仔！」

第七章　被迫服毒的名伶

大黃領路帶著龍哥和阿成前往葉青眉屍骨所在，在經過辦公室時，龍哥讓大黃把屍骨馱到機房等待警官和法醫。至於總經理的哀嚎，管他呢，誰在乎！

龍哥照慣例問起紀珊有關葉青眉的事跡，在沒弄清事非黑白前，他是不會輕易將封印住的怨魂放出。尤其是她很可能屬於紅色怨魂，也就是「美和子」等級的怨靈時。

紀珊一臉愧疚道：「都是我，如果不是我……」

大黃護主心切，怕紀珊提起前塵往事又惹傷悲，便代表主人緩緩道來。

葉青眉是1920年代的影劇紅星，那時候的電影沒有聲音。全靠演員的肢體表演和誇張的神情來引起觀衆的共鳴。

但人紅是非多啊！她那時迫於紀禮的權勢，也就是紀珊的親生父親，被迫成爲紀禮的小老婆。

那年代的人相對保守，再加上舊社會正提倡一夫一妻制，葉青眉瞬時變成衆矢之的。她受不了輿論壓力，吞服安眠藥自殺！留下剛滿月不久的紀珊。

「我是紀家園丁養的狗崽，我媽媽也是從出生便待在紀家。可以說我是和主人紀珊一同長大的。」

大黃說到這裡，紀珊魂魄有些不穩的飄忽著。龍哥便拿出金字塔讓紀珊先進入淨化法器內固魂，以免紀珊太過激動而入魔。

大黃見紀珊進到法器內，便收起擔憂的神情繼續說道：

「主人死於1945年，那時候是在放學回家的路上。幾個日本兵剛從澡堂出來，遇到了年輕靚麗的主人，他們起了邪念，便在路邊就把主人壓倒，那時候我已經很老了，但還是奮力上前與他們廝咬。其中一個兵拿出隨身的短刺刀就往我側腹砍去，但我仍死死咬著他同伴的手。只是最後我流血過多還是死了！而主人也……」

大黃忍住悲傷繼續說：

「或許是我的護主信念太強烈，死後沒多久，我發現自己三魂可以自動聚集，魂體也凝實起來！很可惜，主人那時已經死了，她赤裸著下體，他們用短刀從主人陰戶往上切割。我清醒過來看到主人時，她已經腸穿肚爛而死。我本來要將他們撕裂的，主人卻阻止我了！她不希望我好不容易成了妖精後，又爲了她而入魔。可是……」

大黃欲言又止，龍哥嘆了口氣：「你們忍住了沒動手，但葉青眉動手了吧？唯一的女兒竟然被人姦殺，有幾個母親忍得住？她做了什麼？」

大黃一張狗臉充滿忌憚的看著龍哥。阿成走過去捏了捏牠的後頸，安撫道：「師父只是想了解事情經過，他是不會亂來的。」

大黃發出哀鳴：「主人實在死得太慘，那時主人脖子上，戴著用母親骨灰所做的護身牌。葉夫人的鬼魂在那一刻便抽出墜子……之後……我只知道那三個日本兵，一個喝醉酒倒在路邊，當時驗屍的死因爲淹死。第二個是在公園裡切腹，腸子流了一地。最後一個是在車裡被空間切割而死。」

「空間切割？」龍哥十分疑惑的看著大黃。

大黃點點頭：「你們知道鬼域嗎？主人母親她已經生出鬼域。」

龍哥頭皮都發麻了：「祢是說，她用無盡鬼域來殺人分屍，所以呢？後來葉青眉怎麼了？」

大黃眼神黯淡：「她被一個從日本來的高僧收了，就將結界設在這裡。主人擔心她，所以我們一直沒有去投胎。」

他們來到靠近門口的女廁，大黃指了指最後一間：「主人的媽媽就在那裡。」

龍哥拿著金字塔，眼神示意阿成也拿出降魔杵。他短促的呼出幾口氣，有些緊張道：「阿成，不能手軟！葉青眉等級比美和子更高！她生前是電影明星，所接收到的信仰之力不比美和子這個女巫少。」

阿成這時才意識道葉青眉的可怕，皺著臉道：「師父放心，我不會手軟的。」

大黃雖然擔憂，可是他也知道主人的媽媽已經無法控制，如果不讓她進到金字塔裡，怕是就要瘋魔了。

日本的結界不同於中國的陣法，龍哥找不到突破口，便只能打下五雷符硬破。

空氣中閃出幾道紫色旋光，廁所衛生間的門自動打開……

「空的！」龍哥和阿成驚訝喊道。

「怎麼會這樣？」阿成不可置信道。

第八章　來自檳城的鬼王

龍哥顫抖的雙手開始召喚金字塔裡的阿南塔，這已經不是光靠人類力量就可以解決了！

阿南塔本來正虔誠對著《貝葉經》膜拜，突然被龍哥召喚出來還有些懵。但看了看他和阿成的臉色，又瞥見阿成腿邊的大黃。便知道他們必定是遇上無解之謎！

「唉！我就想好好禮個佛……，說吧！又遇上什麼難事？」

「你幫我看看原本在這裡的怨靈去哪裡了？」

阿南塔飄進衛生間半闔著眼感應著。

過了一刻鐘後……

「有嬰靈的味道，還有……怨氣！這女怨已經泛著血腥，她和美和子不同。美和子是和金行家早有約束，所以當金行家違反誓言的那一刻，美和子便能領著詛咒殘殺金行後人和麻亞里的轉世。但葉青眉不同，沒有人跟她有過承諾，她是自殺的，就算有怨，最多也只能讓葉青眉達到黑色厲鬼等級。」

龍哥聽到這裡便將剛剛大黃所言再複述一遍，阿南塔恍然大悟道：「難怪，原來是幫女兒復仇啊！就是剛剛進到金字塔裡淨化的女孩吧？是個藍色精靈呢！」

大黃驕傲的昂起尾巴，好像阿南塔剛剛是在誇祂一樣。而阿南塔也注意到這隻靈獸。

「眞是漂亮的靈犬啊！你對主人的信念超脫了一切，竟才有此機緣。下一世……」

阿成打斷了阿南塔接下來的話，婆羅門那套他聽得耳朵都要長繭。

「阿南塔，你就直說吧！那隻怨鬼呢？」

阿南塔好脾氣的將六道輪迴的佛理吞下，幽幽道：「有嬰靈帶走她了，很像是東西亞那帶的術法。」

「果然啊！師父，我們是不是先從古曼童開始找起？」阿成摸了摸下巴道。

龍哥苦惱的揉揉額角：「人海茫茫，上哪去找？檳城鬼王可不是好惹的，傳聞說他馭鬼無數，爲人喜怒無常。我就怕他那裡有『百鬼幡』這樣邪門的東西。」

阿南塔看了一眼大黃，會心一笑：「怕什麼？這不是有現成的靈犬嗎？」

阿成似乎也是想到了古曼童的製作方式：「對啊！如果他們在臺灣，那古曼童的屍油和骨灰一定也在這裡。」他咧開嘴笑開了牙，諂媚哄勸道。

「大黃，你也想幫主人把她媽媽救回來吧？」

龍哥將阿成那往大黃身上蹭的頭顱推開：「我可以讓你的主人和她媽媽重入輪迴，只要你願意做我這傻徒弟的守護靈獸，並和他打下天道契約。」

大黃沒有掙扎、沒有考慮的點頭答應了。「好！你們說的，要讓我主人重入輪迴，並且要赦免她媽媽的罪。」

「葉青眉的罪不可能赦免，但可以轉嫁在你身上。你跟著阿成四處降妖除魔，賺到的功德你自己拿七成，有三成可是要幫葉青眉還的。這樣你還願意嗎？」龍哥表情嚴肅問道。

大黃隨即毫不猶豫的點頭。「我祖祖輩輩都是吃紀家的水米長大，這點功德算得上什麼？」

紀珊在金字塔裡有所觸動，自是心疼又不捨的飄出來。「大黃，你守護了我母女這麼久已經夠了！真的夠了！」

大黃走了過去，伸出舌頭舔了舔紀珊的手：「小主人，那時候是我太老了！也多虧妳阻止我犯下殺孽。妳母親只是做了我想做的事，她沒有錯！」

龍哥嘆口氣搖搖頭：「你們本來就是不同道的，分離是遲早的事！在生前，妳們是主僕、是人獸。死後，一個鬼、一個妖精。這已是毋庸置疑的事實！」

紀珊聽龍哥這麼說，心裡也好受了點。大黃也認分的點點頭：「所以，現在是要我找出屍油的位置嗎？全臺這麼多古曼童，又要怎麼確定哪隻是鬼王的古曼童呢？」

阿南塔贊賞的點頭笑了：「不錯！不錯！比阿成靠譜啊！古曼童那麼多，但葉青眉可只有一個。你不會忘了她的味道吧？如果我沒猜錯，鬼王是想將葉青眉煉做鬼將。」

「鬼將？」龍哥挑了挑眉頭。

「沒錯！鬼將上去就是鬼神了。這屬於古老東方的說法。看來鬼王應該最近身體不太好，受到小鬼反噬。不然不會急著找隻猛鬼來做將！」阿南塔定睛一看，眼神射在角落。

第八章　鬼王的布局

阿南塔還未開口，大黃已經過去撲咬。

「嗷嗷嗷嗷！」一隻小古曼面露兇光、呲牙裂嘴的揮舞著手臂，似是要以此驅趕大黃。

「好了！」龍哥拿出墨斗交給阿成：「捆住它。」

阿成將古曼童捆綁在半空，它還不老實的嗷嗷叫。阿成便拿出降魔杵做勢要滅了它，古曼童這才焉巴著頭，整個靈體都垮了下來。

阿南塔這時才從後方竄出，他悲憫的神情像似極爲心疼這隻嬰靈。古曼童也是伶俐的，或許小孩天生便能分辨誰對自己好吧！又開始有氣無力的嗷嗷叫，委屈巴巴的替自己申冤呢！

阿南塔對它的遭遇也很是心疼，聽了好一會兒便把它解開束縛，然後送進金字塔裡養魂。阿南塔打算等祂將事情交待清楚後，再回到金字塔裡好好安撫這個被火烤至死的嬰靈。

「它是賴老師的嬰孩，這事說來複雜。賴老師原來不止和蔡姓男童發生關係，早在他之前，賴老師就有一個小情人。那小情人也是在小六時被賴老師性侵，不同的是，鄭弘家庭條件一般，所以當然賴老師並沒有為他生下孩子，但兩人的關係卻是肉體上交流不斷。」

「那不就是炮友嘛！」阿成歪著頭嘻笑道。

龍哥忍無可忍，又用手狠敲了阿成的頭。惹得一旁的大黃不住低嗚警告。

「呦！這還護上了，不錯！是條好狗。」龍哥這麼說便也拿出一條綁著平安扣的鏈子：「喏，賞你的。關鍵時刻能保你一條狗命！」

阿南塔清了清喉嚨，繼續說道。

總之他們的關係就沒停過，一直到賴老師生下蔡姓男童的孩子，她都還能哄得住鄭弘一切都是為了錢，等鄭弘上了大學後，她們便可以不顧社會倫理、師生綱常，與她拿著錢雙宿雙飛。

鄭弘被哄住了，便也不跟賴老師鬧。但日子一天天過，賴老師錢沒拿到不說，官司還差點輸了！成長後的鄭弘也感覺到不對，賴老師不但漸漸與他疏遠甚至仍在學校誘拐男童發生性關係。

鄭弘崩潰了，正巧他們班級選擇的畢旅是去泰國，而他在泰國又聽聞「檳城鬼王」的名號，於是鄭弘回來後變賣所有資產，甚至借了信貸，就此拜入鬼王名下，成爲了鬼王的徒弟。

龍哥鬆了一口氣：「還好，不是鬼王就好！區區一個降頭師我還能應付。」

阿南塔面容嚴肅的搖頭：「我還沒說完！誰知等鄭弘去拜師時，鬼王嫌棄他給的拜師費太少，便對鄭父、鄭母也下了降頭，當他們暴斃而亡後，鄭弘便將繼承到的老房子變賣。這還不夠，在鬼王得知鄭弘和賴老師的過往後，便對蔡姓男童的『家產』有著極大的興趣！」

「欸！可是，蔡同學的兒子不是被做成古曼童了嗎？」阿成還沒看出事情的癥結點。

龍哥手扶額，不斷搖頭：「眞是蠢得跟豬一樣！古曼童是蔡同學的親兒子，當然有辦法影響他的決定！啊！不好，那潘部長的姊姊怕是……」

阿南塔點頭：「還沒到那一步，但已經是下一步了！這古曼童不是在我手裡了嗎？暫時她會沒事的。我剛才還沒說完呢！」

因爲賴老師就算入獄，但她仍向家事法庭要求鉅額的贍養費，畢竟訴訟這段期間小孩仍是她在扶養。

對此感到煩不勝煩的潘部長，就被楊經理，就剛才那位，慫恿去泰國請佛牌。據說那位楊經理能坐上這個位置，是請了拍嬰陰牌，那是用女性經血供奉，和生肉餵養的血嬰陰牌。

於是他們便再度去泰國找阿贊，卻沒想到這剛好如了鬼王的意。

「所以，賴老師、蔡老闆、潘部長他們三人都是鬼王的手筆，那豈不是……」龍哥大驚道。

阿南塔半闔著眼：「沒錯！鬼王來臺了！陳龍，這次怕是要召回所有精靈和他鬥上一鬥了！」

阿成呆呆的撫著大黃，喃喃道：「爲了錢！這鬼王還眞是無所不用其極啊！」

第十章　剖腹挖腸來上吊

龍哥沉吟片刻這才開了口：「相傳檳城鬼王要錢不要命，只要給錢，他能幫忙做任何事，包括取人性命！」

鬼王是在封閉的農村長大，從小跟著酗酒的爸爸和體弱的媽媽在一起生活。有天他下地幹活時特意叮囑爸爸要照顧媽媽，別出來和大伯一起喝酒，因爲那幾天媽媽的狀態特別不好！

沒料到當鬼王回家時，媽媽躺在床上已經沒氣了，可想而知爸爸一定又去大伯家喝酒。他怒氣沖沖的來到大伯家，但年僅17的他哪裡是大伯的對手？

鬼王被酒醉的大伯壓在地上雞姦，儘管他大聲向爸爸求救，但他爸爸仍躺在茅草邊裝睡，對這一切視若無睹！

只因他們家的錢糧供給有一半都是大伯支助的，而鬼王只能默默承受他的暴行。但這種事有一就有二，鬼王也大概知道了媽媽爲什麼常年的病弱。

任何一個正常人都受不了被兄弟倆當作禁臠吧！

於是鬼王便來到泰國學藝，拜了降頭師學作降頭術，再結合了馬來西亞當地的巫術，甚至摻雜了些茅山術，養了一屋子的鬼來替他辦事！

幫他看門的就是一隻紅衣厲鬼，那女人還是被丈夫活生生燒燙虐死的。

阿南塔若有所思的點點頭，隨卽便轉身回金字塔。阿成還傻愣愣的呆在原地，鬼王的故事帶給他太多震撼。大黃可比阿成機靈多了，祂咬了咬阿成的袖子，示意他把墨斗拿出來。

「把那古曼童的味道給大黃聞聞吧！讓祂把鄭弘給找出來。」龍哥提醒道：「早知，我還不如養條狗！攤上這麼個傻徒弟，我圖什麼啊！」

阿成回過神來，對龍哥擠眉弄眼道：「圖什麼？不就圖我年輕的肉體嗎？哈哈哈！」

「少囉嗦，快點！不然潘夫人就要沒命了。」龍哥不耐煩道。

阿成嘟嚷著：「是誰先開始的，沒事講什麼鬼王的過往？那麼狗血的身世還不待人家捋捋。」

「瞎雞貓子鬼叫啥？還不快！」龍哥再次催促道。

阿成這才拿出墨斗讓大黃記住上面的味道。大黃嗅了嗅，打了個哈啾後便飛也似的跑了。

「還不跟上！」龍哥忍不住又敲了下阿成的頭。

「師父，你老敲頭！我會變笨的，這樣下去我可要變大傻了。」

大黃咆哮一聲，像是提醒他們跟上。師徒倆這才跑出捷運站，跟著大黃留下的記號前行。

大黃停在一家老舊的旅社前，用狗爪子比了比二樓：「人走了，魂也被拘走了！報警吧！」

「怎麼會這樣？師父，接下來怎麼辦？」阿成神色慌張的問道。

龍哥無奈道：「還能怎麼辦，待會兒直接去找潘夫人吧！順便報警。」

說完龍哥便趁著警察還沒來前進到旅社：「喂！鄭弘欠我錢，說好了今天要還的。我知道他住在這裡，帶我上去吧！」

那櫃檯小哥滿臉不屑，正要飆罵髒話時，大黃放出一陣黃煙，只見那小哥迷迷糊糊的點點頭，便拿出鑰匙帶領他們來到二樓。搖晃的鏤空鐵梯還帶有一股鐵鏽味，昏暗的走廊邊蟑螂四處亂竄。由此可見鄭弘過得並不好。

小哥開了門，撲面而來的血腥味嗆得人忍不住作嘔。小哥這時也清醒過來了，嚇得衝下樓準備報警，被阿成拉住提醒道：「我們來之前已經報警了，記住！鄭弘是自殺的。」

小哥甩開阿成的手，飛也似的逃跑，他再不跑怕是就要吐出來了。

小哥腦海裡都是鄭弘跪在地上，用西瓜刀剖開自己肚子然後掏出腸子上吊的噁心死狀。

阿成看到眼前那幕也是夠震撼的，他拿出口罩和薄荷油塗在人中處。龍哥沒好氣的瞥了他一眼：「就想自己，師父的那份呢？」

阿成這才討好的幫龍哥也塗了人中：「師父不是百毒不侵嗎？我這不一時沒想到。」

龍哥沒多和阿成計較，獨自上前觀察著鄭弘的屍體。

「他這是被厲鬼所殺，大黃，你看是不是葉青眉的手筆。要真是她，事情可就難辦了！」

第十一章　設館開壇

大黃上前仔細嗅了嗅，沉重的點了點狗頭，但仍是替葉青眉辯解道：「小娘是被那個鬼王控制的，殺人不是她的本意。」

龍哥點點頭：「我沒有怪葉青眉的意思，被鬼王控制的厲鬼可是很痛苦的。我是擔心她被鬼王用密法拘在身邊，那可是有傷魂體的事。」

大黃一聽瞬間緊張起來：「那怎麼辦？能救出小娘嗎？」

龍哥爲難道：「那要看葉青眉被控制到什麼程度了。茅山鬼王派的御靈術我也說不準。」

阿成安撫的摸了摸大黃的頭頸：「別怕！我還有個師伯是張天師的傳人，靠譜的！」

龍哥氣得眉毛都要豎起：「丟你老母，你個衰仔，仆街啊！」說完往他屁股踹去：「還不趕快滾，待會兒警察就來了。」

大黃聽罷便跑下樓又放了陣黃煙，那櫃檯小哥被祂薰得迷糊，嘴裡喃喃唸道：「鄭弘欠房錢，我上門討要發現他剖腹自殺……」

龍哥則趁機讓阿南塔出來幫忙善後，自己帶著阿成從窗口一躍而下。阿南塔原來和紀珊、古曼童正傳授佛理，且正講到激動之處，卻被龍哥召喚出來，將鄭弘擺在剖腹自殺的正確位置。

龍哥的原文是這麼說的：「至少不能讓他死得那麼詭異吧！」

阿南塔只好秉持著佛祖的慈悲，將鄭弘脖頸上的腸子塞回他肚子裡，並用尼泊爾語唸了幾句佛號，雖然是咬牙切齒的。眞不知他那佛號是爲鄭弘而唸還是爲了自己。

龍哥則是連夜讓大黃又順著潘部長的味兒尋到了潘家。潘夫人似乎知道今晚注定不太平，也沒有了睡意，獨自一人守在偌大的客廳裡。而蔡倫正睡在獨棟別墅的三樓，和她的兒子一起。

潘夫人在3小時前接獲了丈夫的死訊，早在潘部長和楊經理要去泰國請佛牌時，她就曾經強烈反對過。奈何自己的弟弟是個鐵公雞，一毛不拔到弟媳都受不了而離婚，才會讓蔡倫因戀母情結，愛上了都可以當他媽的賴卿潔。

爲了不引起媒體注意，潘部長的招魂後事皆由助理完成。蔡美此時心神不寧的呆坐在客廳，好像在等什麼人，又好像在等丈夫回家，然後告訴她這一切都是假的，是她做惡夢了。接連的一個月裡，賴卿潔上吊、弟弟臥軌、丈夫失蹤……使得蔡美本就緊繃的神經變得更加敏感。

突然，大門門鈴響起。

蔡美手裡的馬克杯應聲倒地，她緩了緩心神，走上前去。

「誰？」

「潘夫人，我們是北捷請來協尋潘部長的，妳應該清楚吧？」阿成在門外靠著對講機試探問著。

蔡美壓了壓眼皮，想將這些天的疲色壓散，但走到玄關看見自己那張憔悴的臉，她還是選擇戴上墨鏡見客。

「進來吧！別脫鞋了。」

龍哥點點頭，從善如流的帶著阿成進到客廳。

「喝些什麼？」

「不忙！潘夫人應該知道我們爲何而來。」

「哈哈哈！然後呢？你們要告訴我，是我先生自作自受？都是他先起了詛咒人的心嗎？賴卿潔那個賤女人勾引我姪子就沒錯？」蔡美走到開放式酒吧揮舞著一瓶威士忌，狀似崩潰道。

「妳冷靜點，那古曼童已經被我們收起來了。鄭弘也已經死了！對方想要蔡家的財產，必要的話，我想鬼王不介意將潘家的錢財也納入囊中。」龍哥慢條斯理的說道。

蔡美就著酒瓶灌了一口威士忌，辛辣的口感刺激到她留下生理性的淚水。

「你說，鬼王想殺了我？」

「不止，或許還想拘妳的魂。他們茅山鬼王派最興滋陰補陽，別的不用我多說了吧！」

蔡美心頭咯噔一聲，表面上卻是冷靜的拿出帕子擦了擦嘴角。她狀似輕鬆道：「你們要我配合什麼？」

「聰明人就是聰明人，我要借妳們家開壇和鬼王鬥法，而妳，就是那隻餌！」

蔡美嗤笑一聲：「就這兒？我醜話先說前頭，要是你們鬥法失敗，我兒子和蔡倫你們可得顧好，不然我做鬼也不放過你們。」

「得了吧妳！等妳做鬼也早被鬼王拘魂做鬼卒了，還不放過我們，多大臉啊！」阿成不屑道。

第十二章　決戰前的對峙

雖然蔡美知道阿成所言不假，但仍是倔強的昂起頭顱。

「這一切都是賴卿潔那賤女人的錯，要不是她有戀童癖故意勾引我們蔡倫，蔡倫又怎麼會愛上這個老女人！鄭弘也真是，據我調查，鄭弘當時是有女朋友的。賴卿潔利用自己導師的權責，在畢旅那天強迫鄭弘和她睡覺。小孩子血氣方剛哪禁得起這騷娘們兒的挑逗？賴卿潔吃到甜頭更是變本加厲的勾，勾得鄭弘魂都沒了。

你們知道她跟鄭弘的Line紀錄有多露骨嗎？什麼心兒、什麼寶兒！一大把年紀了，居然還哄騙13歲的孩子說什麼前世情緣。更可惡的是她勾引鄭弘也就算了，居然在鄭弘長大後又將目標移到蔡倫身上。

我們蔡倫也就是傻！從小沒有媽媽疼愛搞得有些戀母，才會被賴卿潔這樣的爛貨哄住。這下好了，連孩子都生了！蔡倫還哪裡放得下她？要不是這樣，我老公跟弟弟根本就不會去泰國，不會去找那些邪門歪道來對付她！」

蔡美一口氣說完心裡的話，整個人無力的癱在吧檯上，一口一口的猛灌了好幾口酒。

「妳誤會了！今天會走到這樣的地步，怨不得人。又有誰是清白無辜的呢？賴卿潔的貪婪導致了她的喪命，而蔡老闆呢？我聽說他都進過期腐肉再加工外銷，不是不往臺灣賣就不算黑心。那國外有多少貧困家庭要是因此患病，這因果算誰的？

而且潘部長也拿不少吧，不然能爲了一個小舅子拿自己的命去賭？他不就是怕蔡家的財產落在外人頭上，我沒說錯吧？」龍哥不勝在意的點了支菸，並示意阿成開始召喚精靈。

蔡美有些被激怒了，她拋下一向在意的貴婦形象：「那鄭弘呢？蔡倫又有什麼錯？別說得大義凜然，你難道就沒有私慾？」她慢條斯理的摘下墨鏡，露出一雙浮腫烏青的黑眼圈。

龍哥逕自坐在沙發上，他吐出一口煙圈：「鄭弘哪裡無辜了？要不是他去找鬼王拜師，妳以爲今天會有這麼多事哪來的？至於蔡倫，那是妳們這些大人沒教養好他。男孩、男人都一樣，要是眞不情願，那孽根哪還有辦法使？潘夫人，別自欺欺人了！我願意來，就爲了保妳一命，別見了誰都跟刺蝟似的，沒誰欠著您咧！」

蔡美趴在吧檯上氣哭了笑：「罷了！罷！我說不贏你，你們又怎麼會懂……」

阿成這時已經燃符燒紙通知所有精靈回歸，薩羅、麗莎和吳郝。這是一場魂力與法術的比拚，要是輸了，這些精靈很可能會被鬼王俘虜作將，永生永世不見天日！而龍哥和阿成也終因鬥法失敗被惡鬼纏身，甚至吞噬魂魄永不超生。

另一邊，在臺北五星級酒店的鬼王阿憎法師，他全身上下都刺滿符籙，就爲了防止陰魂反噬。

他幻化怨氣生了一副鎖魂鏈，穿透著葉青眉和鄭弘的琵琶骨，並將它們吊在廁所天花板上。浴缸裡放著滿滿的雞血，這對它們怨魂來說無疑是個酷刑。

阿憎便是故意用這些手段折磨手底下的怨靈，好讓它們害怕激發出更多怨氣，這也讓阿憎能更好的控制它們。

「接下來就剩蔡美了，蔡美一死剩下那兩個孩子難道還不好控制？哈哈哈！他們潘、蔡兩家的財產就都是我的了。」

另一旁的鬼侍突然冒出聲來：「要不是上次那個風水師，法師也不會被古曼童反噬弄瞎了雙眼。現在最要緊的就是錢，等有了錢法師再找塊陰地好好養養，也讓我們這些鬼侍安心修習鬼道。」

「廢話！我怎麼做事還用得著你教！要不是我御靈術沒修到家，怎會被你們牽制住。」

「哼！說好聽點，我們尊稱你一聲法師，可別忘了當初你是怎麼折磨我們的？阿憎死後也是要入鬼道的吧？只有鬼道才是永生的法則啊！不然你要那麼多錢幹嘛呢？不就是爲了求道成仙？嘻嘻，只可惜，你造孽太多，最多修個鬼仙！要不好好巴結我們，怕是你到時會被街邊惡鬼啃食到不見骨頭，嘻嘻！嘻嘻！」

第十三章　騎虎難下的阿憎

當年阿憎在泰國習得降頭術後便回到馬來西亞，緊接著他又拜了一位鄉下靈婆爲師，習得巫術。就在他略有小成之際，便對自己的父親和伯父下降頭，父親很快就中了「蜈蚣降」全身痕癢，他抓破了眼睛和生殖器，皮膚潰爛而亡。

但伯父卻並未中降，甚至還派了小鬼想將阿憎反殺。阿憎直覺有異，便設下陷阱擒住小鬼。得知伯父擁有一冊來自茅山鬼王派的御靈術時，他便利用巫術招來自己的母親，並請求母親成爲自己的鬼將。

母親與伯父一番纏鬥後，終於阿憎這方取得勝利。只不過這場勝利是慘勝，母親的魂魄已然奄奄一息無法再入輪迴。這也導致阿憎行事越發詭譎殘忍，尤其是在習得伯父的御靈術之後，他了解到修習鬼道的下場，要不死後成爲鬼仙，要不死後被厲鬼撕成碎片。

只因此等御靈術尋得都是怨氣深重的厲鬼，照理說修道之人遇上厲鬼都是先勸誡超渡，若是實在不聽勸便只能先行封印，再時刻唸咒加以感化。

但伯父這裡傳承的是利用厲鬼的怨氣作惡，且使用的法子皆是損傷魂力的。一個不小心厲鬼便會灰飛煙滅的那種，這樣的情況下，阿憎和厲鬼們時刻都處於爾虞我詐的修羅場。

阿憎拿著厲鬼們的骨灰、毛髮做降，厲鬼們時刻緊盯阿憎的元神虎視眈眈。只要阿憎一刻不留神，馬上就會被厲鬼們群起攻之！

阿憎爲了取得平衡，只能和其中幾隻厲鬼做交易，換取共生！但近來因阿憎與中國的風水師鬥法失敗，接連損了幾隻鬼將。連他的眼睛也近乎失明，若不是因爲急需大筆金錢購買陰地，也爲了補齊他的鬼將，阿憎也不至於千里迢迢跑來臺灣。

潘部長家。

阿成將召喚咒扔入火堆，嘴裡喃喃唸叨著精靈們的名字。沒一會兒功夫祂們便全員到齊了。

薩羅算是最資深的精靈，祂在了解前因後果後便立即要求龍哥先升法壇。

而龍哥也正有此意，他讓阿成將法壇安在別墅三樓，並拿了一個代表葉美的布娃娃。他在空白符籙上寫著葉美的生辰八字，並將葉美的頭髮和指甲都塞進布娃娃肚子裡。接著便靜待阿憎派鬼將前來。

阿憎果然將身邊鬼侍遣出，他這次來臺灣帶的鬼將不多，阿憎自認臺灣沒有法師會是他的對手，居然連護法都沒帶，反而是讓它們在老家留守。

鬼侍也沒當一回事，畢竟害人性命也不是第一回。它在鄭弘留下的資料裡尋到了葉美的住所，便獨身飄了過去。

陽明山的獨棟別墅，凌晨3點伴著陣陣陰風。鬼侍淒厲的笑聲隨著陰風忽大忽小、忽遠忽近，惹得原來還算鎮定的葉美不由心底發怵，只能用雙手緊緊捂住自己的嘴，深怕洩出一絲聲音。

鬼侍一身濃厚的黑氣，它一個轉身黑氣四散，順著氣流尋找葉美的味道。突然三樓有了動靜，鬼侍緩緩往樓上飄去。

「嗤，布娃娃……」

龍哥笑瞇瞇的拿出陶罐：「是啊！計不怕老、有用就好。要我請你進去，還是你自個兒進去？」

鬼侍周身氣息一瞬暗沉了，幽幽道：「談個條件吧！我幫你們滅了阿憎，你能給我什麼修煉資源？爲了成爲鬼仙，我付出的不比阿憎少，必要時，我還可以幫你們幹些見不得人的醜事。」

龍哥搖搖頭：「不是每個人都像阿憎那樣利慾薰心的，我最大的貪念，就是將像你這樣的厲鬼全面淨化，不如你成全成全我吧！」

「廢話！」鬼侍聞言也不再客氣，他氣息大漲將衆人籠罩在鬼域之中。

龍哥眼前瞬間變得一片漆黑，耳邊盡是男女老少淒厲的哭叫聲……

第十四章 破鬼域，滅鬼侍

龍哥拿出隨身的金字塔，但能淨化的怨氣有限。這時薩羅突眼瞳轉紅，嘴裡叫囂著：「別碰她，你們這些混蛋！」

麗莎則是縮在地上不斷痛苦哀嚎著：「不要！不要啊！求你們了。我的母親、我的孩子、我的愛人……我將拖著我殘破的身軀帶著你們來到業火叢生的地獄……」

「不好，精靈們回到死亡前混沌的那一刻，要是被怨氣沖刷就慘了！阿成！降魔杵拿出來。」

阿成這時也感到周圍的異樣了，阿南塔怨恨的眼神、吳郝不甘心的眼淚……

他拿出降魔杵往虛空畫了一道淨心符：「破！」

隨後大黃便將無力的衆精靈們駝在背上，躲避鬼侍發出的鬼域攻擊。

龍哥從鬼域中走出來：「阿成！收了它吧！它不適合金字塔。」

阿成一聽便拿著降魔杵，用其尖端指向鬼侍。嘴裡唸著降魔伏魔的法咒，腦海裡觀想著佛陀如來法像。降魔杵尖端發出一道金光射向鬼侍，只聽它一聲慘叫，一個無意識的靈球彈落原地。

龍哥走過去將其丟進金字塔：「這樣也好，你犯下的罪就用你永生永世償還！」

「師父，它成爲金字塔的一部分了嗎？」

「是啊！也算是它的贖罪了。精靈們呢？」

薩羅甩甩頭：「我看我們不太合適留在鬥法現場，還是回到金字塔裡吧！這怨氣的感染對於我們魂體影響太深了！」

「也好，你們先進去休息吧！看鬼王還會派誰來擒蔡美。」龍哥拿出金字塔示意精靈們回歸。

阿憎在飯店裡已是止不住的嘔血，鬼侍被抓，且單方面切斷和他的聯繫，這已經讓他元氣大傷！阿憎拿起煉製到一半的百鬼幡跌跌撞撞來到飯店頂樓。他喃喃唸著咒語，將附近百里的遊魂全吸收進百鬼幡中，並以鄭弘爲容器，強迫他融合衆多遊魂，並助他破格晉升成爲厲鬼。這時阿憎又將葉青眉放出，並在她耳邊呢喃道。

「這就是強姦妳女兒的日本兵，去撕裂它！把它拆吞入腹。然後它的殘魂會告訴妳紀珊的位置，她被那個道士收在金字塔裡。葉青眉，妳的任務就是上葉美的身，殺光那裡所有人。等妳帶回金字塔，我考慮幫妳和紀珊修習鬼道，跳脫輪迴成就鬼仙！」

葉青眉雖屬紅色怨魂，但對女兒的一切事物仍是相當在意！沒等鬼王阿憎多做出什麼承諾，她便一躍而下幾個穿梭來到蔡美家。

龍哥剛要收起金字塔，紀珊卻不顧一切的衝了出來。「媽媽，是媽媽！」

「小主人！」大黃攔住要往紅色漩渦裡衝的紀珊。

「這鬼域怎麼看怎麼不對勁！」阿成驚叫道。

龍哥看了一眼快速成形的紅色龍捲風，頓時感到頭皮發麻！

「仆你老母，這是吞噬了多少鬼怪啊！都不怕消化不良嗎？」

忽然颶風中心冒出一個身著紅色格子旗袍的女子，她嬌俏一笑，輕煙吹過。龍哥和阿成眼前場景一換，來到一處仿歐式建築的民宅內。

紀禮手持書稿在講臺上殷殷不倦的宣揚臺灣精神，他出身高雄美濃，這次是特意北上安排話劇的。紀禮希望藉由戲劇來激發臺灣人民的自主意識！

而葉青眉則穿著旗袍端坐三分椅，大方的欣賞臺上慷慨激昂的紀禮。

演講結束，紀禮來到葉青眉面前。他紳士的微微伏禮：「大明星，還滿意我幫妳編的劇本嗎？這次妳可得演好了！要是……」

「要是什麼？」葉青眉勾起額角鬢髮，媚眼如絲。「橫豎……你也給不了我想要的。」

說罷她敲起菸桿，將帶著薄荷味兒的菸草放進小菸斗裡。

紀禮有些惆悵：「我們是傳統家庭，是沒有自己選擇妻子的權利。也就是這樣，我才……」

「得了！打住。」葉青眉將臉撇到一邊：「算我上輩子欠你的。」說完吐出一口輕煙，眼神幽怨的望向遠方。

第十五章　除心魔，現真相

場景一轉，葉青眉半躺在床沿身形虛弱。她看著嬰兒床上的女娃娃，有著說不出口的滿足和驕傲。突然院子裡傳來吵吵嚷嚷的人聲：「小賤坯子，少奶奶都來了，她還裝什麼死？莫不是以爲少爺寵她便瞪鼻子上臉了吧！」

「就是，不過一個戲子。哪有我們家小姐來得尊貴！也不去打聽打聽我們打狗港陳家是哪號人物？惹惱了我家小姐，怕是紀家大太太的面子也不好使！」

葉青眉輕蹙秀眉，雖然她知道該來的總是躲不過，但這孩子也才剛生下，陳秀也太咄咄逼人了些。

「王嬸，讓她們進來吧！」葉青眉直起身子理了理衣衫。

陳秀眼神冷漠的瞥了一眼葉青眉，皮笑肉不笑道：「這人不要臉，可眞是天下無敵了啊！一個小戲子罷了，自以爲生了個小丫頭就能綁住紀禮的心嗎？」

「就是，要不是這賤人纏著少爺，少爺又怎麼會流連臺北城？」一僕婦在陳秀身邊幫腔道。

「也罷！既然孩子都生了，那我自是要帶回打狗港的。識相點從今往後妳就當沒生過這個孩子，給我離紀禮遠一些。我就當沒事發生過，不然明天《日日新報》都會是妳的醜聞！」說完陳秀便示意奶娘去抱孩子，這時葉青眉恨得咬破了嘴角，血絲點點漫在她蒼白的唇邊。

「住手！陳秀妳瘋了！」紀禮風塵僕僕的從外趕來。

陳秀倔強的梗直脖頸：「是阿母叫我帶孩子回家的。紀禮，你別欺人太甚！」

「是啊！少爺，你胡鬧也要有個限度。少奶奶已經夠寬容的了。」

「閉嘴！這裡哪有妳說話的分兒？」紀禮扶著葉青眉躺回床上。「等青眉坐完月子，我自會帶她和孩子回去。陳秀，我對妳一點感情也沒有，不如我們和離吧！」

陳秀緊抿著唇，一言不發！

「少爺！你糊塗啊！」僕婦急得直跺腳，陳秀隨即轉身離開。

隔天，「影視紅星葉青眉搶人老公、未婚生子」的消息鋪天蓋地襲捲全臺。

紀禮爲了闢謠草草用過早飯便出門，和那些記者們打官腔去。葉青眉按了按額角，疲憊的看著小紀珊。她正想喊王嬸時，陳秀又帶著二名僕婦打上門。

王嬸被拉到院子，其中一名僕婦拿了一撻錢塞給她。

「好姊姊，妳就當什麼也沒看見過，我們家小姐就是跟那戲子說二句話，妳先去菜市場繞繞再回來！」說完便把王嬸拖出門。

陳秀進到屋子裡掏出帕子扇了扇：「什麼味兒啊？這麼難聞。」她嫌棄的皺緊眉頭。

「小姐，那應當是女娃吐奶了。」

陳秀冷笑一聲：「動手吧！」

只見一名僕婦拿著一包砒霜倒入茶水之中：「葉青眉，這茶不是妳喝就是妳女兒喝，自個兒選吧？這回紀少爺是沒法子過來救妳的，不如乾脆點，也替妳女兒討個好。」

葉青眉心頭湧上一股酸意，想自己從認識紀禮以來，承受的痛苦大於他甜蜜的承諾。葉青眉累了！她不想再愛下去，曾經擺在她眼前的，是兩人爲了未來而努力。但卻沒有人告訴過葉青眉，一段不被祝福的愛情，哪怕倆人情再眞也敵不過流言蜚語。

葉青眉起身將茶一飲而盡，緊接著便芳魂斷腸。之後紀禮的悔恨、紀珊的蹄哭都再也喚不回她的音容。紀禮一直以爲葉青眉是受不了流言而自殺，但就算如此，他也未曾再歸家過。

陳秀獨自帶著紀珊，自以爲把持住紀禮的心頭肉，總有一天會等到丈夫的回心轉意！卻未曾想到紀禮竟是狠得下心不管女兒。直到紀珊十六歲時，陳秀也對紀禮完全死心，並隨著紀珊長得越來越像葉青眉，她對紀珊越發忌憚。

那時正值日本兵戰敗，陳家自顧不暇，陳秀便放鬆了對紀珊的看顧，才讓她放學獨自步行回家，導致被逃亡的遊兵姦殺致死。

第十六章　母女天性，降伏魔力

看到這裡龍哥也猜到葉青眉的心結爲何，她當年是爲了女兒才走上的絕路。而陳秀非但沒有照顧好紀珊，甚至在她爲了女兒報仇之後，還找了道士將自己封印在七困穴，試圖讓葉青眉永世不得超生。連紀珊的屍骨也沒有好好安葬，讓她們這對母女只能一起困在那方寸之地。

「妳要找陳秀？」龍哥遲疑了一會兒還是脫口問出。

葉青眉神情呆滯的左右晃了晃，紀珊上前抱住她。「媽媽，媽媽妳怎麼變成這樣了？」

阿成帶著大黃靠近龍哥：「師父，她這是怎麼了？」

龍哥吐出一口濁氣：「她吞噬太多怨鬼！神志有點不太清楚。好在葉青眉始終認得紀珊，這才停止了攻擊。但現在不太好辦啊？」

阿成撓撓頭：「這有什麼難辦的？用金字塔淨化不行嗎？」

「要有這麼簡單就好了！葉青眉能讓我們看到過去，那就代表她還有些理智。但現在問題是，葉青眉不知吞噬了多少怨鬼，她的清醒不知道還能維持多久。再來就是鬼王應該對她施了法，他們之間是有某種連繫的。如果讓葉青眉進到金字塔，鬼王那裡很快就會知道我們這裡的位置。精靈們已經沒有戰力了，光靠你、我，這勝算還眞不大！」

大黃這時挺身而出：「還有我呢！別忘了我是妖，是妖就有內丹。爲了我的主人，拼上我的所有也是在所不辭！」

「大黃！」紀珊帶著哭腔喊道。「不行，你要好好的。讓我跟母親去處理吧！媽媽知道鬼王的位置，她，她是想再來見我一面的。」話落，葉青眉開始控制不住自己，她痛苦的撕扯著自己的魂體，就好像有無數雙手在拉扯著她一樣！

這時原來在金字塔裡的精靈們又跑了出來：「我們決定幫葉青眉分擔那些被她吞噬的魂體，等她清醒一點再說吧！」

就在薩羅準備動作時，葉青眉突然怒髮衝冠，她留戀的看了一眼紀珊後，便又往山腳下衝去。

大黃見狀便立卽駝住紀珊，跟著葉青眉的腳步直衝而去。

「該死！鬼王已經追來了。」龍哥啐了一口道。「阿成，佈法壇。」

阿成這下也知事態嚴重，也顧不上追大黃他們了。立卽手腳麻利的佈上法壇。

這邊葉青眉感到鬼王的逼近，她剛到山腳便遇上阿憎的飛頭降。那顆死人頭異常兇猛，眼睛凸的老大，獠牙猛利。嘴裡流出黏稠的唾液十分惡臭。

葉青眉沒看到阿憎的肉身，但她確定身體應該會在不遠處。她假意靠近，裝作要帶阿憎前往蔡美的別墅。

這時大黃也察覺到異樣，他潛伏著身體速度也慢了下來。「小主人，妳是精靈應該不怕降魔杵。阿成他將降魔杵掛在我頸上，妳拿去，找到阿憎的肉身往他丹田處刺去。」

紀珊慌張的點頭，便取下大黃脖頸上的降魔杵。也好在阿成是個大咧咧的性子，總覺得自己已經有母親給的五帝錢護身，便沒有聽龍哥的話把降魔杵掛在身上，反而是掛在大黃的脖頸處。按照阿成的想法，他和大黃是不會離身的。誰知命運就是那麼巧合，當紀珊選擇追葉青眉而去時，大黃想也沒想就這麼將降魔杵也帶了出來。

阿憎能擔得起「鬼王」名號，自然也不是什麼善男信女。他在葉青眉魂體聞到了龍哥的味，阿憎陰惻惻的笑著。

「妳，還眞是不安分！中了我的法咒還敢吃裡扒外。」

說罷便裂開血盆大口，準備撕裂葉青眉的魂體。大黃見狀也顧不了太多，立即上前和阿憎啃咬起來。

已和大黃結契的阿成頓時感到胸口悶痛：「師父，不好了！大黃出事了。」

但法壇在即，龍哥離不開別墅。也只能讓精靈們先阿成一步去支援大黃。

第十七章　精靈集結戰鬼王

阿憎和大黃鬥得互不相讓，大黃魂體已不再凝實，隱隱還有些飄忽。而阿憎則是臉頰被大黃的爪子抓傷，頭皮也被咬了好幾個洞。

當精靈趕到現場時，大黃已經和阿憎暫時分開。薩羅見狀便和麗莎、阿南塔、吳郝和大黃一起將阿憎圍住。古樸低沉的佛號由阿南塔起頭吟誦著，阿憎的死人頭瞬間露出了痛苦的神色。這時阿憎咬破舌尖，血往阿南塔身上一噴，趁機撕開一道口子狼狽逃出。隨即他便召喚出更多怨鬼，並讓它們相互吞噬直至新的鬼將形成。

葉青眉察覺到阿憎的意圖，她不顧已經飽和混亂的魂體，硬是參與了這場鬥蠱大戰。在別墅開壇的龍哥也感應到了阿憎的虛弱，他拿出請神符敕令燃起。「急急如律令！」而終於找到阿憎肉體的紀珊，也在此同時拿出降魔杵往鬼王丹田刺去。

「啊～吼！」降頭被破的阿憎得知自己肉身法力盡失，恨恨的仰天長嘯：「老天你就是這麼不公平，一條活路也不肯給我走！好！既如此這條命我還真不要了。」說罷，死人頭跌落在地。但阿憎的魂體卻是越來越凝實清晰。

阿南塔見狀直呼：「不好了！他要變成名副其實的鬼王了！」

阿憎重新感覺到力量，不由得向天狂嘯：「我不怕你，我要就此顛倒陰陽！」說完手一張便把葉青眉吸引過來，大黃正想向前撲咬，卻被阿憎一腳踢開：「你這隻臭狗，晚點再收拾你。」

精靈們見狀像火上的螞蟻急得不得了，突然一道神符從吳郝背心打入。

「大膽狂徒，還敢造孽！快把葉青眉給我放下。」

阿憎定睛一看：「請神術！哼，那又怎樣？我就不信你們那潦倒的破門派還有什麼能人。」

吳郝也不含糊，當即踏下七星罡步對印著夜空中閃耀的七星。七星連結化為一道特定的空間，那空間從上往下就這麼把阿憎牢牢給困住。

「哼，就算你能把我困住又怎樣？我就不信你能一直上那隻精靈的身。我就坐這等著！」話落，阿憎便不急不徐的席地而坐。

吳郝冷笑一聲：「我看你這鬼王才是虛有其表吧！虧你還曾習得茅山術，我道門降妖除魔的拿手好戲，怕你阿憎是早忘了。讓我這道門祖爺來幫你好好復習、復習。」

阿憎聞言瞬間魂體不穩了：「莫不是……紫雷符？」

只見吳郝淩空作符畫了一道紫雷符封頂，漸漸的空間內電閃雷鳴，阿憎被劈到抱頭鼠竄。

約莫一刻鐘後，吳郝軟倒了魂體，祖師爺離身！而阿憎所在的那塊空間地上已是焦土一片。

至此，龍哥才開著車和阿成來到山腳下。阿成看著傷痕累累的大黃心疼的無以復加，忍不住的拿著自己沉重的毛頭笨拙的蹭著祂。讓龍哥無言道：「眞不曉得哪個才是狗噢！」

好在葉青眉看來是沒事了，也多虧了阿憎最後爲了晉升鬼王，往葉青眉魂體吸收不少被吞噬的怨魂，誤打誤撞反而解了她的困境！

紀珊欣喜的抱著媽媽，雖然她從小就沒見過葉青眉，但對於媽媽的味道、感覺並不陌生。這種與生俱來的連繫讓紀珊就算看不見葉青眉，卻能認定她就是自己的母親。

阿南塔也鬆了一口氣，祂將精靈們和葉青眉母女都送進金字塔修復魂體。而後和龍哥交頭接耳的嘟囔著幾句，便又轉頭回到金字塔。

「師父，阿南塔說了什麼啊？」

「小孩子別多話！」龍哥沒好氣的看著趴在大黃身上的阿成道。

大黃將降魔杵重新戴回脖頸上，祂識相道：「是有關陳秀的事吧？我不跟主人說，讓她們淨化怨氣後好好輪迴超生。」

龍哥沉默的點頭。

阿成不死心追問道：「誰啊？好大黃，你就告訴我吧？你不說我晚上睡不著的。」他扯了扯大黃的鬍鬚道。

大黃瞬間眼神翻成魚肚白，直挺挺的坐在原地裝死。

第十八章　女怨終結

龍哥從後面擒住阿成的脖子：「喂！你小子現在有了大黃，忘了師父是吧！」

阿成尷尬的笑笑，他怎能說從小家裡就不讓養狗，好不容易有隻不掉毛的，不多擼擼怎麼行呢！

「師父，那你能告訴我……」

「陳秀、蔡美是吧？等著看吧！這孰是孰非，我們外人是說不清的，由給老天去論斷吧！」龍哥打了菸叼在嘴裡。

阿成若有所思了一會兒：「師父，那你怎麼認出來的啊？」

「不是我，是阿南塔。嚴格來說，是葉青眉對陳秀的靈魂做了記號。當然！阿南塔趁著葉青眉混沌的時候解除了記號，他這也是要葉青眉放下執念。那年代，每個人有每個人的苦啊！陳秀嫁給紀禮也不會是出於愛情，再加上她一生沒有產子，你以爲這樣陳秀在紀家就好過？」

「唉！真是女人何苦爲難女人啊！」阿成雙手一攤。

龍哥他們回到三重道場後，先是把葉青眉身上吞噬未完全的怨氣淨化、超渡。接著便送她們母女去輪迴，大家很有默契的忽略掉陳秀，這可能也算是葉青眉最後的寬容了！

而蔡美在歷經丈夫離奇死亡、弟弟臥軌、一連串打擊後，她拋去凡塵俗事、落髮出家。兒子、姪兒都交由娘家父母看顧，自己則帶著被阿憎做成古曼童的嬰靈去修行。

這天二傻帶著願娘回到臺灣，一人一狐看著集萬千寵愛於一身的大黃都有些尷尬。

大黃卻像隻沒事的犬妖般淡然的向他們點頭，就算是打過招呼。

願娘注意到大黃脖頸上的降魔杵：「咦，這不是老祖宗傳下來的神木嗎？」

大黃直起身上將降魔杵挺了出來，願娘試探的伸出爪子靠近。

「啊！的確是。那這樣大黃可以化形了！」

阿成一聽化形，連忙將頭搖得跟鐘擺似的。

「別別別，我就要大黃！」

可龍哥已經聽到了願娘的話，他對於這個蠢徒弟比舔狗還狗的樣子早感到頭疼不已。要是大黃能夠化形成人，或許阿成的腦袋能再靈光一點。

龍哥對願娘點了點頭。

願娘掐起法訣喃喃唸著咒語，接著一道紅光從降魔杵佛頭中閃出，又很快的竄進大黃眉心。

「好了，這屬於妖精的天賦傳承。大黃兄！你好好休煉相信很快就能化形的。」

大黃睜開眼睛，有些不可思議道：「這是……吞噬天賦！」

願娘也驚到了：「吞噬天賦？這麼說來，大黃有天狼的血脈？」

「天狼血脈的妖獸是能吞噬妖魂的，對於破除心魔也有奇效！還好阿成你跟大黃結了同盟契約，這下可算是撿到寶。」龍哥喜不自勝道。

願娘這下可放了心，她撫著微凸的小腹道：「這次我們回來也是青丘有難，龍哥！願娘想請大黃替我們狐仙一脈出戰！」

（第四部完結）

國家圖書館出版品預行編目資料

女怨／林燃 著. --初版.--臺中市：白象文化事業有限公司，2024.8
面； 公分
ISBN 978-626-364-378-9（平裝）

863.57 113007797

女怨

作　　者　林燃
校　　對　林燃、林金郎
發 行 人　張輝潭
出版發行　白象文化事業有限公司
412台中市大里區科技路1號8樓之2（台中軟體園區）
出版專線：（04）2496-5995　傳真：（04）2496-9901
401台中市東區和平街228巷44號（經銷部）
購書專線：（04）2220-8589　傳真：（04）2220-8505
專案主編　陳逸儒
出版編印　林榮威、陳逸儒、黃麗穎、陳婕婷、李婕、林金郎
設計創意　張禮南、何佳諠
經紀企劃　張輝潭、徐錦淳、林尉儒
經銷推廣　李莉吟、莊博亞、劉育姍、林政泓
行銷宣傳　黃姿虹、沈若瑜
營運管理　曾千熏、羅禎琳
印　　刷　基盛印刷工場
初版一刷　2024年8月
定　　價　320元